TAKE
SHOBO

傲慢貴族の惑溺愛

小出みき

Illustration
KRN

JN180683

蜜猫
MitsuNeko

イラスト／KRN

傲慢貴族の惑溺愛

contents

傲慢貴族の惑溺愛

第一章　Black Bird～一夜かぎりの夢ならば～

初めて彼を見たときから目が離せなくなっていた。ダフネはドキドキする胸を無意識に押さえ、そっと彼を窺《うかが》った。

（綺麗なひと……）

けぶるような金髪がシャンデリアの灯で仄《ほの》かに輝いている。わずかに癖のある髪が一房、秀麗な額にはらりと落ちかかり、冷たいほど整った美貌にあえかなやわらかさを加えていた。そうでなければ、ちょっと取りつく島のないよそよそしさが立ち勝っていたに違いない。そんなふうに思えてしまうくらい、彼には彫像めいた冷ややかさがあった。

彼はみはるかすように頭をもたげて周囲を見回した。いきなり目が合い、うっとりと見つめていたダフネは慌ててうつむいた。面識もない紳士をじろじろ見ていたことに今さら気付いて恥ずかしくなる。

きゅっと唇を噛《か》み、思い切って目を上げると、紳士はもうこちらを見ていなかった。ひときわ目立つ臈《ろう》たけた美女の手を取って慇懃《いんぎん》に挨拶している。舞踏会の主催者、グリーンバリー子爵夫人キャロラインだ。

遠目にも彼女はすごく嬉《うれ》しそうだった。あの紳士がひとかどの人物なのはまちがいない。手の届かない存在なのだと突きつけられ、ダフネはこれまでになく寂しい心持ちになった。

（馬鹿ね。高望みもいいとこだわ……）

ダフネはうなだれてしおしおと広間の片隅に引っ込んだ。なるべく人目につかない場所を選んでパンチのグラスに口をつける。ひどく喉が渇いた。ここはちょっと暑すぎる。

もう帰りたいけれど従姉妹《いとこ》の姿が見えない。隣室でダンスに興じるか、お喋《しゃべ》りに夢中になっているのだろう。帰りたいと訴えたところで聞き入れられないのはわかっていた。なんとしてもこの社交期《シーズン》中に結婚相手を見つけると息巻いているのだから。

大広間は人いきれでむしむししていた。ダフネは扇で自らをあおぎながら所在なく辺りを見回した。知り合いも何人か見かけたが、近づいていく気にはなれなかった。どうせ迷惑そうな顔をされるか、適当にあしらわれるかのどちらかだ。

自分に『商品価値』がないことは承知している。両親も財産もなく、親戚に厄介になっている身の上だ。貴族の身分でもあればましかもしれないが、亡き父は法廷弁護士、現在の保護者である叔父は商売をしており、紳士《ジェントルマン》の範疇《はんちゅう》に入るにせよ純然たる中流階級《ミドルクラス》だ。

それでも娘のプリシラは持参金が見込めるからいい。叔父も、娘を通じて貴族と縁故を持ちたがっている。そのためにありとあらゆるつてをたどり、社交界の花形が主催する舞踏会に招いてもらったのだ。

しかし締まり屋の叔父は血縁関係にない姪《めい》にまで持参金を持たせる気はなかった。ダフネは持参金の有無を気にしない結婚相手を自力で探さねばならない。そんな都合のよい相手がそういるわけもなく、少なくとも釣り合いの取れる年齢の紳士では難しかった。若いということはそれだけ野心も持っているわけで、『資本金』はあればあるほどいいのだ。

若さだけが取り柄の無一文の娘に近づいてくるのは、年のいった男やもめか、新鮮な愛人を囲いたがっている既婚者くらいなもの。どんなに裕福だろうとそんなのはごめんだ。

ダフネの亡くなった両親はとても仲むつまじかった。結婚したら自分も同じように暖かな家庭を築きたい。財産の多寡よりも、共に人生を歩みたいと思える相手と結婚したかった。

今のところそのような相手とはめぐり合っていない。一緒に踊ったり会話を交わした人物のなかで、相手の思惑はともかく、この人なら……と思えた人物は残念ながらひとりもいなかった。

ふと脳裏に先ほどの紳士が浮かび、ダフネは顔を赤らめた。

（……あの人はだめよ。高望みに決まってるもの）

そもそも紹介すらされていない。ただ一瞬目が合っただけ。今頃はダフネのことなどとっくに忘れているだろう。キャロラインの歓迎ぶりからして、かなりの人物に違いない。きっと彼も貴族だ。

ダフネには縁のない世界の住人。叔父たちのような野心的な上昇志向をダフネは持っていなかった。同じ階級の気の合う人物と平穏な家庭が築ければ充分。どうやらそれすら難しそうだけど……。

「――こんばんは、ミス・ハウエルズ」

かの紳士の面影をぼんやり追想していたダフネは、間近から声をかけられて我に返った。気がつくと目の前に一番会いたくなかった人物がいた。用心して逃げ回っていたのに、あの紳士のことを思い浮かべるうちに、つい油断した。

歯嚙《はが》みしたくなるのを抑え、ダフネは失礼にならない程度に形ばかりの微笑を浮かべた。

「こんばんは、ハミルトンさん」

赤ら顔の裕福な金融業者は金歯を見せつけるようにニヤリとした。

「やっと捕まえましたぞ。まったくあなたときたら、蝶《ちょう》のようにひらひらと軽やかに飛び回っておられるのだから」

（あなたを避けて、花から花ならぬ、壁から壁へね……）

ダフネは内心でうんざりと呟《つぶや》いた。一度捕まったが最後、この男はどこまでもべったりとくっついてくる。

五十をいくつか超したハミルトン氏は、小柄で小太りな体躯《たいく》を仕立ての良い夜会服に包み、若干背中を反らしてダフネを眺めた。というのもダフネのほうがいくらか背が高いのだ。

ダフネは同世代の女性のなかでは飛び抜けて長身で、それも『もてない』理由のひとつかもしれなかった。対照的に従姉妹のプリシラは小柄で愛くるしく、持参金も見込めるためそれなりに人気がある。

ところがどうしたわけかハミルトン氏はのっぽのダフネが気に入って、やたらとつきまとってくるのだ。彼は数年前に妻を亡くし、そろそろ後妻をもらおうかと考えて目をつけたのがダフネだった。

出かける先々で遭遇しては話しかけられ、ダンスを申し込まれた。仕方なく踊っていると、あんたにぴったりのお相手じゃないのとプリシラに嘲笑された。

ハミルトン氏がダフネを気に入っていると知れ渡ると、話しかけてくる殿方はさらに減った。彼に資金を融通してもらっている若い独身男性は少なくない。

血の繫《つな》がらない姪を厄介払いしたがっている叔父夫婦にとって、ダフネとハミルトン氏の結婚は何かと都合がよかった。いざというとき身内のよしみで特別に援助してもらえるかもしれない。

「ミス・ハウエルズ。よろしければ一曲お相手願えませんか」

ねっとりした口調で請われ、ぞっと産毛が逆立った。舐《な》め回《まわ》すような目つきに嫌悪が込み上げる。

「……っ、申し訳ありませんが、わたし少し頭が――」

「お相手なさい、ダフネ。せっかくのお誘いじゃないの」

尊大な命令口調に振り向くと叔母のノーリーンがすぐ後ろに立っていた。叔母は媚びるような笑みを浮かべてハミルトン氏に会釈した。

「お許しくださいな。この娘ときたら、ひどく内気で恥ずかしがり屋なんですの」

「若いお嬢さんにはむしろ好ましいことです」

ハミルトン氏は鷹揚《おうよう》に頷《うなず》いてダフネを横目で流し見た。ねちっこい目つきにますます鳥肌が立つ。彼だけは絶対いやだ。身長はともかく、三十歳以上の年齢差は受け入れがたい。何より彼の目つきが我慢ならなかった。

ねっとりと絡みついてくるような視線。気味の悪い猫なで声。妙に火照ってじっとりと汗ばんだ掌《てのひら》。どれもが生理的嫌悪感をもよおさせる。彼と結婚するくらいなら修道女になったほうがマシだ。もっともダフネは国教会の信徒なので、そういう逃げ場はないのだが……。

同じ空気を吸うだけでもいやなのに、叔母は空々しく愛想笑いしながらダフネを彼のほうへ押しやった。

「あまり内気すぎるのもどうかと思いますわ！　――ほら、踊っていらっしゃい。いつまでも壁の花でいたいの？」

この男と踊るくらいならずっと壁の花でいたかったが、容赦なくぐいぐい押し出されてしまう。差し出された手を仕方なく取ると、獲物を捕らえた猛禽類《もうきんるい》みたいに握りしめられてダフネは竦《すく》み上《あ》がった。

幸い、そのときのダンスはカドリールだった。ふたりで踊るものではなく、しょっちゅうパートナーから離れることができる。

差し向かいのときにハミルトン氏はやたらとお愛想を言ってきたが、ダフネは礼儀正しく微《ほほ》笑《え》むだけで一言も口をきかなかった。曲が終わってお辞儀をすると、相手に話す暇を与えずさっと身をひるがえして人込みに紛れた。後でどんなに叔母に叱られようとかまうものか。

（お開きになるまで婦人用の控室に隠れていよう）

そう決めて割り当てられた部屋に行ってみたが、とても落ち着いて時間を潰せるような雰囲気ではなかった。噂話《うわさばなし》や他愛《たあい》ないお喋りに夢中な女性たちでソファも椅子も全部ふさがっている。仕方なく髪だけ直してそそくさと部屋を後にした。

ハミルトン氏や叔母に見つからないように周囲を窺いながら、さりげなくそぞろ歩きのふりをする。それにしても本当にこの部屋は暑い。また飲み物が欲しくなったが、テーブルにハミルトン氏らしき後ろ姿を見かけ、大慌てで離れた。

熱気と人いきれで次第に息苦しくなり、ダフネはバルコニーに出た。涼しい夜気にホッと吐息をつく。広々とした芝生の庭にはところどころ篝火《かがりび》が焚《た》かれているが、歩き回る人の姿は見えなかった。舞踏会は交流が目的なのだ。好んで人気のない場所に出てくる者などいないだろう。ダフネのように逃げ回ってでもいない限り。

（やっぱり先に帰ろうかしら……）

頭が痛いとか何とか言い訳して。しかしそんなことを訴えていたらハミルトン氏に見つかるかもしれない。そうなれば叔母も叔父も絶対に帰らせてはくれないだろう。ふたりには赤の他人である姪の意思を斟酌《しんしゃく》する気など端からないのだ。誰でもいいからさっさと片づけられれば万々歳。相手が裕福であればそれに越したことはない。

かといって、黙って帰るのも難しそうだった。一台の馬車に一家四人で乗ってきたため、ダフネが先に帰ればまた引き返してこなければならない。御者は面倒がって渋るだろう。

（仕方ないわ。時間までお庭をぶらぶらしていよう）

篝火に照らされた庭園を眺めて溜息《ためいき》をついた途端、後ろからぞっとするような猫なで声が聞こえてきた。

「こんなところにいらしたんですか、ミス・ハウエルズ。探しましたよ」

無視するわけにもいかず、覚悟を決めて振り向くと、予想どおりハミルトン氏が獲物を追い詰めた性悪猫みたいにニヤニヤと笑っていた。

どこかに逃げ道はないかと目を走らせたが、彼の側をすり抜ける以外にない。手の届く範囲に近づくのは避けたかった。愛想笑いで誤解されてはたまらないので、ダフネは固い表情のままそっけなく応じた。

「少し気分が悪くて、静かに休んでいましたの」

「なるほど、ここは涼しくていいですな。静かに話をするには最適だ」

話などしたくありませんと撥《は》ねつけたいのをぐっと抑え、ダフネは庭に視線を戻した。無礼な、と怒って出ていってくれるのを期待したが、ハミルトン氏は反対に近づいてきてなれなれしくダフネの手を取った。

「何をなさるの⁉」

ぎょっとして手を振り払うと、ハミルトン氏のニヤニヤ笑いはますます深まった。

「可愛い人だ。ふたりきりになりたくて、ここに隠れていたんでしょう？」

「……は？」

「照れなくていいんですよ。私もあなたとじっくりお話ししたかったのでね……。私の気持ちはもうおわかりのはず」

ダフネはつっけんどんに相手の言葉を遮った。

「何をおっしゃっているのかわかりませんわ」

「奥ゆかしい方だ。いいんですよ、あなたは何も言わなくて。万事私が進めますから」

「何の話ですか」

ムッと眉を吊《つ》り上《あ》げ、とげとげしく返す。それでもハミルトン氏は掴《つか》みどころのない薄笑いを浮かべていた。ますます気分が悪くなったダフネは切り口上できっぱりと告げた。

「ハミルトンさん。わたしはあなたに何も進めてほしくありませんし、これ以上あなたとお話しする気もありません。どうかわたしをひとりにして、放っておいてください」

ここまではっきり言われると、さすがにハミルトン氏の顔から薄笑いが消えた。代わって小さくて丸い豚のような瞳にどす黒い怒りが燃える。

「……ミス・ハウエルズ。あなたは自分の立場がわかっておられない――」

「これ以上話すつもりはない、と彼女は言ったようだが？」

ふいに知らない声が割って入り、ダフネもハミルトン氏も立ちすくんだ。バルコニーの入り口に、いつのまにか背の高い男性が立っていた。広間の灯を背中に受けているので表情はよくわからない。それが最前見とれていた紳士だと気付き、ダフネはハッと息を呑んだ。

「なんだね君は。私はこのご婦人と大事な話をしているんだ。邪魔しないでいただきたい」

「彼女は話したくないと言っている。――そうですね、ミス？」

「は、はい」

ダフネは慌てて頷いた。眉を逆立てたハミルトン氏は、立ち位置を変えて室内からの灯に照らしだされた紳士の顔を見るなりへどもどし始めた。

「こ、これはシェルフォード伯爵……！　どうも、とんだご無礼を……」

ハミルトン氏は口ごもりながらさかんに言い訳をして、さも心残りな様子でダフネを眺めつつバルコニーからすごすご出て行った。

ダフネは突如として現れた救い主を呆然《ぼうぜん》と見つめた。まちがいない。確かにダフネが一目で心惹《ひ》かれ、次の瞬間には高嶺《たかね》の花《はな》と諦めた紳士だ。でも、どうして彼がこんなところにいるのだろう。しかも危機を救ってくれるなんて、とても現実とは思えない。都合のいい夢でも見ているのかしら……？

「……大丈夫か？」

パチンと目の前で指を鳴らされ、ダフネはハッと我に返った。気づかわしげに紳士が顔を覗《のぞ》き込《こ》んでいる。ダフネは慌てて頷いた。

「だ、大丈夫です。あ……、ありがとうございます……」

「余計なお節介でなければいいが」

「そんな……。助かりました、本当に」

彼は肩をすくめ、手にしていたグラスを差し出した。

「よかったらどうぞ。口は付けてない」

「ありがとうございます」

素直に受け取り、半分ほど一気に飲んだ。渇いた喉を冷えたパンチが潤してくれる。ダフネはホッと息をついた。

「あの……、本当にありがとうございました。……シェルフォード伯爵」

「……どこかで会ったかな？」

「あ、いいえ。ハミルトンさんがそう呼んでいたので……。すみません」

「別に謝ることはない。ミス・ハウエルズ……だったね。紹介もされてないのに話しかけたりして失礼した」

「そんな。あの……、ダフネ・ハウエルズと申します」

「フレドリック・シャノンだ」

おずおずと差し出したダフネの手を軽く握って彼は微笑んだ。

「連れはいないのかい？」

「叔父夫婦と従姉妹《いとこ》と一緒に来たんですけど……」

「呼んでこようか」

「いえ！　――あの、大丈夫です。しばらくここで休んでますから……」

フレドリックは静かに微笑んだ。

「もしも邪魔でなかったら、僕もここにいていいかな？」

「えっ？　ええ、もちろん、かまいませんけど……」

とまどって見返すと彼は苦笑した。

「僕も静かな場所でのんびりしていたくてね。向こうにいると次から次へと人を紹介されて、頭が痛くなる」

「……踊らないんですか？」

「義理で顔を出しただけだから」

彼と踊りたがる娘は掃いて捨てるほどいるだろうに……。

（──あ。だから逃げてきたのね）

そうしたら、たまたまダフネがいたのだ。別に彼はダフネを助けに来たわけじゃない。結果的にそうなっただけ。期待してはいけない。話ができただけでも夢のようではないか……。

ダフネはそっと彼を窺った。輝かしい金髪をきれいに撫《な》でつけ、とてもエレガントだ。オールバックにしていたらちょっと近寄りがたく思えただろう。わざと残したのか、偶然乱れただけなのか、額に落ちかかった一房の前髪のおかげでずいぶん雰囲気がやわらいでいる。

それでもやはり、気軽に話しかけるのはためらわれた。彼が爵位を持つ貴族だと知ればなおさらだ。何を話題にすればいいのか見当もつかない。

黙り込んでいるのも気づまりだし、退屈して彼がここから去ってしまうかもしれないと思うと焦りを感じた。どうせ一夜の夢ならば、少しでも長く浸っていたい。

何とか話題をひねり出そうと頭を絞っていると、華やいだ女性の声が飛び込んできた。

「まぁ、こんなところに隠れてたのね！　――あら？　お話し中だった？」

舞踏会の主催者、グリーンバリー子爵夫人キャロラインが、意外そうな顔でダフネを眺める。

物陰に身を潜めたい衝動に駆られたが、そうもいかずダフネは急いで挨拶した。

「あなたは……、ああ、そうそう。コルケットさんのお嬢さんよね」

「いえ……、姪のダフネ・ハウエルズです……」

「あらごめんなさい！　そうそう、姪御《めいご》さんだったわ。紹介するわね、ミス・ハウエルズ。こちらはシェルフォード伯爵。古くからのお友達なの。こちら、ミス・ハウエルズよ」

「はじめまして」

改めて挨拶してフレドリックは礼儀正しく会釈した。ダフネは赤らむ頬を隠すようにうつむいて慎《つつ》ましく膝を折った。

「――で？　どうしてこんなところに隠れてるの？」

「もちろん、あなたがやかましいからですよ」

無遠慮な物言いにダフネはぎょっとしたが、当のキャロラインは全然気にした様子もなくころころと笑った。

「あなたがさっさとお相手を決めてくれれば、やかましくなんかしないわ。まったく、やっと顔を出したかと思えば、ちょっと目を離した隙にいなくなっちゃうんだもの。帰ってしまったのかと慌てたわ」

「もう帰ろうと思っていたところです」

「だめだめ、そうはいかないわ。少なくとも夜食を出すまではいてもらうわよ。ダンスも最低一曲は踊ってもらわなきゃ。お相手は決めた？　よさそうなお嬢さんがたをさっき何人も紹介したでしょ」

「あんな立て続けに紹介されては覚えてなどいられません。顔も名前も忘れました」

「まぁひどい！　だったらこちらのお嬢さんと踊りなさい。今紹介したばかりなんだから忘れたとは言わせないわよ」

ダフネはぽかんとして、息巻くキャロラインと鬱陶しげに眉をひそめるフレドリックを眺めた。キャロラインはダフネの肩を親しげに抱いてにっこりした。

「綺麗なお嬢さんでしょう？　背もすらっとして、鉄工所の煙突みたいなあなたとも釣り合いが取れるわ」

ずけずけ言われてフレドリックが顔をしかめる。確かに彼は長身だが、鉄工所の煙突とはひどい言われようだ。彼は辟易《へきえき》と肩をすくめたが、腹を立てたふうではなかった。

「……わかりました。ミス・ハウエルズと踊りますから、これ以上人を紹介するのはやめてください」

「いいわ。その代わり、ミス・ハウエルズを最後までエスコートするのよ。放り出して帰ったりしたら承知しませんからね」

勝ち誇ったように笑ってキャロラインはバルコニーから出て行った。ダフネは青くなって肩をすぼめた。

「す、すみません……、あの、どうぞお気になさらず……」

「そうはいかない。そんなことをしたら、彼女は知り合いのご婦人がたを山ほど引き連れて家に押しかけてくる」

ぶっきらぼうに答えたフレドリックは気を取り直したようにダフネを見た。彼の瞳が不思議な青磁色をしていることに気付いてダフネはどきっとした。灰緑色……、それとも霧がかった翡翠《ひすい》色？　――いや、やっぱり青磁色だ。東洋伝来の美しい磁器の何ともいえない色合いによく似ている。

「迷惑をかけてすまない。こんなことはもう二度とないだろうから、今夜だけ調子を合わせてもらえると助かるんだが」

もう二度とない――。おそらくは気遣いから出た彼の言葉が胸に突き刺さる。

そう、これは夢。二度とは見られない、素晴らしい夢なんだわ……。

ダフネは顔を上げ、にこりと微笑んだ。

「わたしでお役に立つなら、光栄ですわ。伯爵様」

フレドリックの瞳がたじろいだように一瞬揺れる。彼は口許《くちもと》を押さえ、舌打ちするように何か呟いて目を逸《そ》らした。気に障ったのかと不安になったが、向き直った彼は非の打ち所なく優雅に微笑んだ。

「よかったら何か少しつまもうか。僕と一緒にいれば、たぶんハミルトン氏も寄ってはこないだろう。僕も、きみがいてくれると余計な社交に関わらないで済む」

（つまりわたしは虫よけね）

でも、いいわ。ほんのひとときでも、これが最初で最後でも、この美しい人を独占できるのだから……。

示された腕をおずおずと取り、否が応にも高鳴る鼓動を感じながらダフネはフレドリックと連れ立って広間へ戻った。


それからの数時間は、まさしく夢のようだった。邪魔なもの、無価値なもの、あるいは都合のよいものとしてしか扱われなかったダフネが、一挙に注目と羨望の的となったのだ。

フレドリックは超然とした第一印象とは違って、とても気さくにダフネをエスコートしてくれた。話すうちに彼の領地がコーンウォールにあること、社交期《シーズン》はロンドンで過ごすけれど、このような集まりには滅多《めった》に顔を出さないこともわかった。

意外にも彼は伯爵という爵位を持ちながら——それもエリザベス一世の御世《みよ》にまで遡る古い家系らしい——領地経営の他に海外の不動産も手がけていた。オーストラリアに牧場を持ち、南仏ではワイナリーを経営しているという。

つまり彼は由緒正しい貴族であると同時に大富豪でもあるのだった。まだ二十八歳で、しかもうっとりするほど端麗な顔だちをしている。結婚相手としてはまさに垂涎《すいぜん》の的だろう。

（どうりで殺気だった視線が突き刺さってくるわけだわ……）

ダフネは背中に冷や汗が浮かぶのを感じた。ますます彼が自分とは別世界の人間なのだと実感させられ、こうして隣に佇《たたず》んでいるのさえ場違いに思えてくる。きっと誰もがそう見ているに違いない。

何気ない会話を交わしながら、フレドリックはあくまで礼儀正しく、それでいて的確にダフネの境遇を聞き出した。両親を馬車の横転事故で亡くし、叔父に引き取られたこと。叔父は父方の叔母の夫だったが、叔母はすでに亡くなっており、現在の叔母は後添えであること。プリシラはその叔母の娘なので、叔父一家とはまったく血縁関係にないこと、などなど。

話を聞いたフレドリックは、やや憮然《ぶぜん》とした面持ちで呟いた。

「現在の住まいはご両親が残してくれた家だと言っていたね。そこにまったく血の繋がらない叔父一家が転がり込んできた……。それじゃ、引き取られたのではなく乗っ取られたようなものじゃないか」

「そ、そんなことありません。両親が亡くなったとき、わたしは何もわからないほんの子供でしたし、他に頼れる親戚もいませんでしたから……。叔父が万事取り計らって、後見人になってくれたんです」

「家はきみの名義なんだろうね？」

「え？　ええ、そうだと思います。両親が残してくれたものですから……」

「他にご両親の遺産はないの？　たとえば信託財産とか」

やぶからぼうに問われ、ダフネは面食らった。

「はぁ、あの……、両親はあちこちに借金があったそうで、それを清算したら残ったのは家だけだったんです」

「……ふぅん」

フレドリックは顎を撫で、考え込むように頷いた。ダフネはどぎまぎして膝に置いた自分の手を見下ろした。

そうだ、自分には持参金はなくても家という財産はあったのだ。とはいえ叔父一家も住んでいるから勝手に売り払うわけにはいかないし、両親と暮らした家を手放したくはない。

しばらく黙っていたフレドリックが、ふっと微笑んだ。

「家付き娘なら、それも立派な持参金だ。結婚相手はきみのほうで選べるんじゃないかな」

「か、考えたこともありませんでした……」

「きみは、少しお人好《ひとよ》しすぎるようだね」

憐《あわ》れむような呟きに少しムッとして、ダフネは彼をまっすぐ見つめた。

「わたし、財産目当てのような人とは結婚したくありません」

「ほう?」

フレドリックは皮肉っぽい微笑を浮かべた。もしかして、ダフネも彼の地位や財産に惹かれて寄ってきたと思っているのだろうか。だとしたら完全に的外れだし、すごく不愉快だ。

彼を一目見て心惹かれたのは事実だが、それは彼が芸術品のように美しかったからだ。それはそれで失礼な気もするけど、財産目当てと決めつけられるくらいなら、見た目に惹かれたんですと率直に告げるほうがずっといい。

　本当に言ってやろうかと思ったが、今宵《こよい》限りの美しい夢は、美しいままで終わらせたかった。

そして夢の結晶を心の宝石箱にそっとしまっておきたい。

「そう言い切るからには、きみも財産目当ての結婚をする気はないのだろうね？」

「もちろんです」

　ダフネは背筋をしゃんと伸ばした。

（どうぞご心配なく。わたしはちゃんと分をわきまえていますから）

あなたみたいに裕福な貴族の奥方になろうだなんて、大それた望みは抱かないわ――。

「では、どんな人と結婚したいの？」

「心から大切にしたいと思える人とです」

「きみを大切にしてくれる人ではなく？」

　意外そうに彼は眉を上げた。

「それは、もちろんそうしてほしいですけど……。でも、それ以前に、わたし自身が誰よりも
大切だと思える人と共に人生を歩みたいんです。……おかしいですか？」

「いや……」

　フレドリックは微笑んでゆるりとかぶりを振った。

「そういう相手が見つかるといいね」

　優しい言葉の裏側に、それは自分ではないという牽制《けんせい》が含まれているように思えたのは穿《うが》ち

すぎだろうか……。急に目の裏側が熱くなる。ダフネは込み上げてくるものを抑え込んでにっこりした。

「ありがとうございます。あなたにも、理想的な奥様が見つかりますように。今夜は邪魔してしまってごめんなさい」

「いや……、結婚するつもりはないんだ。今日は義理で顔を出しただけだし、きみのおかげで煩わしい思いもせずに済んだ。礼を言わなければならないね。それにお詫《わ》びも。きみの結婚相手探しを妨害してしまったようだ」

ダフネは赤くなって視線を落とした。

「い、いいんです。ただ、従姉妹にくっついてきただけだし……。魅力ないの、わかってますから」

「いや、ミス・ハウエルズ……」

「でも、おかげで少し自信が持てました」

フレドリックが何か言いかけるのを遮って、ダフネは声を張った。当惑顔になる彼に、にこりと笑いかける。

「わたし、結婚するより働こうと思います」

「……何故《なぜ》そうなるのかな?」

フレドリックは軽く混乱した様子で目を瞬いた。

「前から考えていたんです。いつまでも叔父の世話になって養われているから、いろいろと意に沿わぬことも押しつけられるんだって。このままじゃ結婚相手も勝手に決められてしまいそうだし……、だったらいっそ家を出て、家庭教師《ガヴァネス》の職を探そうと思います」

「きみの家なのに？」

「だからです。わたしの家なら帰って来られるでしょう？　帰る場所があると思えば、それだけで安心できますもの。伯爵様のおかげで決心できました。お話しできてよかったです」

フレドリックはますます困惑して眉を垂れた。

「どうも困ったな……。焚きつけるつもりはなかったんだが」

彼は意識して作ったダフネの笑顔をつくづくと眺め、嘆息した。

「……きみは変わったお嬢さんだね、ミス・ハウエルズ」

「自分の人生は自分で決めたいだけですわ」

フレドリックは微笑んで、グラスを掲げた。

「きみの人生に」

「……あなたの人生に」

チン、とグラスが澄んだ響きを発する。

それぞれの人生に、乾杯。

わたしたちは違う道を歩いてる。それがつかのま交錯して、グラスが触れ合うようにあえかな音を立てた。儚《はかな》く美しく、澄みきったこの音を、いつまでも覚えていよう。素敵な思い出として……。

「――ダンスの約束をしたね。踊ろうか」

フレドリックが優しく微笑む。まるで夢の国の王子様みたいに。そしてやんごとなき貴婦人のようにうやうやしく手を取られ、ワルツを踊った。

その間ダフネは完全に夢の国の住人だった。そこではダフネはフレドリックにふさわしい美しいお姫様で、彼に深く愛されているのだ。

一曲だけの約束だったが、彼は三曲もダフネと踊ってくれた。ワルツ、ポルカ、そしてまたワルツ……。彼は他の女性と踊ることなく、ダンスの合間もずっとダフネをエスコートしてくれた。

知り合いとの挨拶ではとても丁重に紹介してくれたから、彼らはダフネのことを名家のご令嬢と誤解したことだろう。二度とは気軽に話せそうにない人々と言葉を交わし、歓談した。最後のワルツを踊りながら、ダフネは泣きそうだった。きっとシンデレラはこんな気持ちだったに違いない。

真夜中の鐘が鳴り始める。魔法が覚めたら王子様とは二度と会えない。ダフネには残していくガラスの靴もない。彼はダフネがお姫様でないことを最初から知っているのだから……。

別れ際、彼はダフネの手を取って指先にキスしてくれた。

「……今夜は楽しかった。ありがとう、ミス・ハウエルズ」

「こちらこそ、ありがとうございました」

神秘的な青磁色の瞳で、フレドリックはじっとダフネを見つめた。その瞳にはどういうわけか苦しみとも迷いともつかない、あるはその両方の苦悶《くもん》めいた表情が浮かんでいる。だが彼が最後に口にしたのは「おやすみ」という囁《ささや》きだけだった。

ダフネは震えそうになる唇をひそかに噛みしめ、できるだけ明るくにっこりと笑った。

「おやすみなさい、伯爵様。今夜のことは一生忘れません」

そして膝を折ってお辞儀すると、足早にその場を離れた。いつまでも彼が見送っている気がした。振り返りたかったが振り返らなかった。振り向いたら夢が壊れてしまう。夢の結晶が砕け散る。

『では、どんな人と結婚したいの?』

『心から大切にしたいと思える人とです』

ああ、なんてこと。いるはずもないと思っていたそんな人を、見つけてしまった。

でもそれは手の届かない人。彼があんなにも美しく胸に迫ったのも道理だ。彼は夜空に輝く星や月のような人なのだから。わたしはただ地上に立ち尽くして虚《むな》しく見上げるだけ……。

いいえ、星や月なら好きなだけ眺められる。でも彼はもう二度とダフネの前に現れないだろう。わたしたちの人生はけっして交錯しない。ただ、触れ合ったグラスのあえかな響きが澄んだ残響となって、いつまでも胸を揺らし続けるのだ。

ガタガタと揺れる馬車の中、叔父たちの不平不満を右から左に聞き流して、ダフネは闇のなかにぼんやりと浮かび上がるフレドリックの面影にいつまでも見入っていた。

一方、ダフネを見送ったフレドリックは、彼女の姿が見えなくなってからもぼんやりとその場に佇んでいた。急にうつろな気分に襲われた。まるで今まで腕のなかでまどろんでいた小鳥が、ふいに飛び立ってしまったかのようだ。

少年の頃、ケガをした黒歌鳥《ブラック・バード》を手当てして、籠から解き放ったときの、何ともいえぬ寂しい心持ちを思い出した。

黒歌鳥《ブラック・バード》。ああ、まさに彼女はあの小鳥のようだった。艶やかな黒褐色《ブルネット》の髪、穏やかな、それでいてどこか哀《かな》しみが秘められた蒼《あお》い瞳。ひっそりと澄んだ話し声。側にいると心が安らいだ。控えめで内気そうなのに、凛《りん》として涼やかな雰囲気をまとっていた。

帰っていく彼女がちらとでも振り向いていたら、追いすがってあの白い繊手を握り、また会えないかと口走っていたことだろう。だが、彼女は振り向かなかった。解き放った黒歌鳥《ブラック・バード》のように、彼女はまっすぐ飛び去っていった。

「――気に入った？」

笑みを含んだ声音に振り向くと、グリーンバリー子爵夫人キャロラインが蠱惑的《こわくてき》な笑みを浮かべていた。フレドリックはそっけなく肩をすくめた。

「何のことですか」

「決まってるでしょ、あの可愛らしいお嬢さんよ。ミス・ハウエルズ。お世辞じゃなく綺麗な人だと思わない？　パッと目を引くような華やかさはないから気がつきにくいけど、かなりの美人よ。たとえれば木陰の白百合《しらゆり》ってとこかしら」

「美人であることは否定しません。それに、とても感じがよかった。おかげで苦行にも耐えられました」

「ま。素直じゃないこと」

「義理は果たしましたので、これで失礼させていただきます。もう二度と招待状は寄越《よこ》さないでください。受け取っても読まずに捨てますから」

フレドリックは冷ややかな表情に戻って一礼すると、さっさとその場を後にした。キャロラインは扇の陰でくすくす笑った。

「本当に素直じゃないんだから」

彼女は楽しそうに呟き、どうやってふたりをもう一度引き合わせてやろうかと、あれこれ考えを巡らせ始めた。


家に帰り着いたダフネは、腰湯《ヒップバス》で身を清めると、夜着に着替えて窓辺に腰を下ろした。何だか眠ってしまうのが惜しい。もう少しだけ、あの甘くて美しい夢を味わっていたかった。キャンデーはいつか溶けてなくなってしまうけど、思い出は舌の上で転がすほどに純化され、ますます甘美になっていくものだ。

ダフネのことなど、すでに彼の頭から消えているだろう。あるいは、行かず後家みたいな冴《さ》えない娘に出会ったことを、しばらくは覚えていてくれるかもしれない。

でも憐れんでほしくはなかった。あのひととき、ダフネは幸せだったのだから。彼のおかげで勇気も湧いた。ずっと忘れていたけれど、この家はダフネのものだったのだ。そう思うとしまい込んだまま忘れていたへそくりを見つけたみたいで、ちょっと愉快な気もしてくる。

ダフネは小さな自室を見回した。北向きの客室で、両親が健在だった時分からほとんど使われていなかった。元は日当たりのよい南東側の一室がダフネの部屋だったのだが、模様替えするから移れと言われて素直に従うと、いつのまにやらプリシラの部屋になっていた。

それ以来、『一時的なもの』と言われて移った小部屋がダフネの居室になっている。他にも部屋はあるのに、お客様用だからと使わせてもらえない。

もちろん不満はあった。面倒を見てもらっているからといって、こんなに冷遇される謂《い》われはないとも思う。だが、叔父にすればダフネは亡くなった前妻の縁者にすぎず、叔母にとってはただのお荷物なのだ。

だが、この家は本当はダフネのもので、叔父一家を住まわせてあげているのだと思えば寛容な気分にもなれた。自分の部屋も盗《と》られたわけじゃない。プリシラに譲ってあげたのだ。

ここはわたしの家。いざとなれば、自分の意志で処分だってできる。ひとりでは管理しきれないから、叔父たちに管理してもらっているだけ。

だから、安心して外へ出ていこう。仕事を探そう。そしてもしも好きな人と巡りあって結婚したら、戻ってくればいい。そのときまで預けておくのだ。

好きな人、と考えてフレドリックの面影が浮かび、ダフネは赤くなってふるふるとかぶりを振った。

（あの人はダメ。結婚できる相手じゃないもの）

素敵な思い出をもらったことを感謝しなければ。夢のようなワルツ。微笑んだ彼の美しい青磁色の瞳。思い出しただけで胸がときめく。ダフネは彼が礼儀正しくキスした指先を、そっと唇に押しつけた。

あのひとの側にいられたら、どんなに幸せだろう。あのひとが悲しんでいるときに慰めてあげられたら。苦しんでいるときに寄り添っていられたら。そんなふうに想《おも》える相手に、この先また巡《めぐ》り逢《あ》えるのかしら……？

甘く切ない物思いに耽《ふけ》っていると、ノックもなしに扉が開かれた。従姉妹のプリシラが顎を反らし、ふんと鼻息をついて腕組みした。

「ああ、驚いた。何か用？」

ホッと肩を落として尋ねると、プリシラは眉をキリキリと吊り上げた。

「何その偉そうな言い方！　ちょっとばかりチヤホヤされたからっていい気になってるんじゃないわよ」

ダフネはびっくりして目を瞠《みは》った。

「何のこと？」

「伯爵と踊ったからって、伯爵夫人にでもなったつもり？」

ここまで言われればフレドリックと踊ったことを当《あ》て擦《こす》られているのだとわかる。ムッとしたが、腹立ちを押さえてダフネは穏やかに答えた。

「そんなわけないでしょ。何を言ってるの」

「澄ましかえってあたしたちを無視してたじゃないの！」

どうやら帰りの馬車でのダフネの態度を詰っているようだ。そういえば、口々に『どうやって知り合った？』とか『何故紹介しないんだ⁉』とか、いろいろと言われていたような気がする。フレドリックと別れたばかりで、もう二度と会えないと思うと切なくて何も耳に入らなかった。それをお高くとまっていると誤解されたらしい。

「疲れてぼんやりしていたの。無視したわけじゃないわ」

「さぞかし疲れたでしょうよ。伯爵様と三曲も踊ればねぇ」

厭味《いやみ》ったらしく言われて、おとなしいダフネもかちんときた。

「別にあなたのお相手を横取りしたわけじゃないわ。伯爵様はもうたくさんの人を紹介されて疲れていらっしゃったの。グリーンバリー子爵夫人にも、これ以上誰も紹介しないでくれと頼んでいらしたのよ。そんな状況でみんなを紹介できるわけないでしょ」

「あんたは紹介してもらったじゃない！　いったい誰に、どうやって取り入ったのよ⁉」

プリシラは癇癪《かんしゃく》を起こして足を踏み鳴らした。腹を立てるのが馬鹿らしくなってくる。

「誰にも取り入ってなんかいないわ。わたしが困っていたところを、たまたま通りがかった伯爵様が助けてくださったのよ。それでお話をしているうちに、ご親切にもわたしをエスコートしてくださることになったの。それだけだわ」

「なんであんたなの⁉」

「だから偶然よ」

「嘘《うそ》！　あんたは抜け目なく窺ってたのよ。あたしを出し抜いてせせら笑うつもりだったんだわ。そうは行くもんですか！　あんたが貴族に見初められるなんて、絶対にありえないっ」

「そんなんじゃないわよ。もう二度とお目にかかることはないわ」

「あたりまえよ！　金輪際、舞踏会には連れてってあげない。舞踏会だけじゃないわ。どこのご招待にもあんたは連れて行かないわ！」

「かまわないわ。別に行きたくもないもの」

冷静に応じると、プリシラは悔しげに唇をゆがめた。

「……気取っちゃって。いい気になってると痛い目を見るんだからね。案外、青髭《ひげ》に目をつけられたのかもしれないわよ」

「どういう意味？」

眉をひそめると、プリシラは勝ち誇って顎を反らした。

「ふふ。やっぱり知らないんだ。シェルフォード伯爵はね、妻を殺したって噂《うわさ》されてるのよ」

ダフネはぽかんとプリシラを見返した。

妻？　殺した？　……あの人が？

青ざめるダフネを見て、プリシラはしてやったりとにんまりした。

伯爵が殺したんだって。それを金と権力でもみ消したのよ。そして次の獲物を探してるんだわ。おお、怖い！」

「あんたよりか、ずーっと知ってるわよ。あんたがダンスにうつつを抜かしてる間にあちこちで噂を聞き込んだわ。シェルフォード伯爵の奥方は事故で亡くなったとされてるけど、本当は

「馬鹿なこと言わないで！　あなただって伯爵のこと全然知らないくせに」

「あんた、次の獲物にされたんじゃないの？」

「いいかげんにしてよ！」

腹に据えかね、ダフネはすっくと立ち上がった。悪意剥《む》き出《だ》しで囃《はや》し立《た》てるプリシラを強引に押し出し、ぴしゃりとドアを閉める。勝手に入ってこられないよう掛け金も下ろして、ダフネは寝台に突っ伏した。

「……ひどい」

なんて意地悪なんだろう。ダフネはただ、美しい一夜の夢を大切にしたかっただけなのに……。せっかくの思い出がぶち壊しだ。

「信じないわ」

ダフネは枕に顔を埋めて呟いた。フレドリックが人殺しだなんて、そんな馬鹿なこと信じられるものか。だいたい彼は、結婚するつもりはないときっぱり言っていた。ダフネにも、親身ではあってもあくまで礼儀正しく接してくれた。

尊大なところもなく、むしろダフネが気楽にくつろいでいられるようにいろいろと気遣って

くれた。今まで出会った人たちのなかで、とりわけ優しくて感じのいい人物だった。

（伯爵が裕福な美男子で女性に人気があるから、やっかんだ人が誹謗《ひぼう》中傷を流したのよ）

彼がかつては結婚していたことも妻を亡くしたことも事実ではあるのだろう。だけどそれが何だと言うの？　わたしには関係ないじゃない。だってもう二度とあの人には会えないのだもの……。

（そうよ、あの人は優しくて親切だった。素晴らしい夢の刻《とき》をくれたわ）

美しい夢を穢《けが》され、ダフネは噂の主であるフレドリックではなく、露骨な悪意をもってわざわざそれを伝えたプリシラのほうに強い怒りを覚えた。

（やっぱり出て行こう。なるべく早く）

大切なものを踏みにじられ、侮蔑されるのはもうたくさんだ。

ダフネはぎゅっと目をつぶり、楽しかった夢のひとときを思い出そうと努めた。無責任な噂などさっさと忘れてしまえ。彼と出会ってから別れるまでの数時間の出来事だけを覚えていればいい。

彼とワルツを踊ったことを思い出すと少し気持ちがやわらいだ。夢のなかでなら、何度でも彼と踊れる。ずっと踊っていられる……。

夢の階段を下りていくと、美しい王子様が優しい笑顔で手を差し伸べた。ダフネはお姫様のように優雅なお辞儀をして彼の手を取った。自然と笑みがこぼれた。

第二章　Sweet Pain ～うたかたの日々～

「――ミス・ハウエルズ？　ねぇ、あなた、ミス・ダフネ・ハウエルズじゃなくて？」

路上でいきなり華やいだ声をかけられ、ダフネは驚いて振り向いた。しゃれたパラソルを手に、エレガントな外出着に身を包んだ貴婦人が快活に微笑んでいる。ダフネはどぎまぎしながら会釈した。

「こんにちは、レディ・グリーンバリー。先日はお招きありがとうございました」

「あら、キャロラインって呼んでよ。わたくしもお名前で呼ばせていただくわ。かまわなくて？」

「ええ、もちろん……」

キャロラインはニコニコしながら親しげに腕を絡ませてきた。

「ぜひもう一度あなたとお話ししたいと思っていたの。舞踏会のときはご挨拶しかできなかったでしょう？　そういえば先日、とある方の夜会であなたの叔父様のご一家をお見かけしたけど……、あなたはいらっしゃらなかったわねぇ」

「わたしはあまり、出かけませんので」

ダフネは伏目がちに微笑んだ。プリシラの宣告どおり、あれ以来社交の集まりには連れていってもらえなくなった。もともとプリシラの付き添いというか、引き立て役みたいなものだったし、気の進まぬ相手といやいや踊るくらいなら家で本を読んでいたほうがずっといい。とはいえ、もしかしたら遠目にでもフレドリックを見かけることができるかもしれないと思えば、少し残念ではある。

キャロラインは憤慨したように眉を上げた。

「若い娘が何を言ってるんだか。フレッドみたいな偏屈な引きこもりに影響されちゃダメよ」

「フレッド……？」

「フレドリック。先日あなたにご紹介したシェルフォード伯爵よ。まだ二十八なのに、すっかり隠居老人みたいになっちゃって。引っ張りだすのも大変なの」

「……奥様を亡くされたそうですね」

「三年経《た》つのよ。そろそろ新しい連れ合いを探し始めてもいい頃合いだと思わない？」

結婚するつもりはないと彼が断言していたことを思い出して曖昧に頷くと、キャロラインは大げさに肩をすくめた。

「まったくやきもきしちゃう。せっかく若くて美男子で金持ちなんだから人生楽しまなきゃ。当主として、いずれは再婚しなきゃいけないのよ？　だったら積極的に好みと条件に合う人を探すべきだわ」

じっ、と見つめられてダフネは混乱した。ひょっとして彼女もプリシラみたいに誤解していて、いい気になるなと牽制しているのだろうか。

「そのうちに、ふさわしい女性が現れると思いますわ。あんなに素敵な方ですもの」

わたしはそんな大それた野心など持っていませんから！　と意を込める。キャロラインは驚いたように目を丸くしたかと思うと軽く噴き出し、ころころと笑い始めた。

「あなた可愛いわねぇ。気に入っちゃった！　わたくしとお友達になってくださらない？」

「と、とんでもない！　わたしなんかじゃとてもお相手が務まりません！」

「あら、どうして？　あなたはれっきとした淑女《レディ》でしょう？　それにあなた、すごく可愛い声をしているから、話していて楽しいわ。あ、声だけじゃなく、もちろんお顔もとっても可愛くてよ」

無邪気に言われてダフネは赤くなった。

「立ち話もなんだわねぇ。ゆっくりお茶でもいただきながらお喋《しゃべ》りしない？　それともどこかへ行かれる途中だったのかしら」

「いいえ、帰るところで……」

ちょうど貸本屋からの帰りだった。馬鹿正直に答えてしまってうろたえていると、キャロラインは満面の笑顔になった。

「ちょうどよかったわね！　帰りはうちの馬車でお宅まで送り届けるから心配しないで。さ、行きましょ」

キャロラインはダフネの腕を取って、路傍で待っていた黒塗りの四輪馬車《ブルーム》に押し込むと、意気揚々と御者に命じた。

「サヴォイへやってちょうだい」

ダフネとしては、こんな古びた外出着（叔母のお下がり）で高級ホテルになど行きたくはなかったのだが、振り切って逃げるのも失礼だ。初めて足を踏み入れた豪華なティールームで、自分があまりに場違いに思えてダフネはおどおどしどおしだった。

キャロラインは顔なじみらしく、ドアマンもウェイターもダフネにまで最上級のうやうやしさで接してくる。先日の舞踏会に引き続き、夢の世界に迷い込んだ気分になった。

話しているうち趣味の話題になり、ダフネが本を読んだり絵を眺めるのが好きだと言うと、キャロラインはパッと目を輝かせた。

「だったら一緒にナショナル・ギャラリーへ行きましょうよ！」

やけにわくわくした表情に面食らったが、彼女も絵を見るのが好きなら共通点があって嬉《うれ》しい。ちょっと強引だが、気さくで朗らかなキャロラインに好意を覚えたダフネは思い切って誘いを受けることにした。

後日、彼女から改めて誘いの手紙が届き、ダフネは数少ない手持ちの服から、質素でもなるべく品よく小綺麗《こぎれい》に見えるものを選んで身につけた。せっかく誘ってくれたキャロラインに恥をかかせたくはない。

馬車で迎えに来てもらって、ふたりでトラファルガー広場へ向かった。ナショナル・ギャラリーにはこれまで何度も足を運んだことがある。飽きるどころか、そのたびに新たな発見があった。名画の数々を見ているとその作品世界に吸い込まれて時が経つのも忘れ、自分の家で間借り人みたいに暮らしているやるせなさや孤独感も薄らいだ。

いつもひとりで鑑賞しているので、誰かと連れ立って見て回るのは新鮮だった。自分とは違う解釈や捉え方に、そういう見方もあるのだとたびたび感心させられた。

年代が新しいほうから見始めて、ルネサンス期イタリア絵画のコーナーに差しかかると、急にキャロラインがはしゃぎ声で叫んだ。

「あ、いたいた！　やっぱりね」

腕を取ってぐいぐい引っ張られ、何事かと焦ったダフネはキャロラインが目指す人物の後ろ姿にハッと息を呑んだ。

(——まさか……!?)

上等なテイルコートをまとった広い背中に向けてキャロラインは朗らかに呼びかけた。

「ごきげんよう、フレッド。偶然ね！」

ぴくりと小さく肩が揺れる。シェルフォード伯爵フレドリックが眉間に軽くしわを寄せ、憮然とした顔で振り向いた。

「何が偶然……」

不機嫌そうに言いかけ、ダフネに気付いて唐突に言葉を切る。美しい青磁色の瞳でまじまじと見つめられ、頭が真っ白になった。

(ど……、どうして彼がここに……!?)

いや、誰だって入れる美術館なのだから、いてもおかしくはないが……。

信じられないといった面持ちでダフネを見つめていたフレドリックは、我に返ってキャロラインを睨《にら》んだ。

「……どういうつもりですか」

「あら～、何のことかしら。わたくし、お友達と絵画鑑賞に来ただけよ。そうしたらあなたを偶然見かけたので挨拶したんだけど。いけなかった？」

「友達……？」

疑わしげにフレドリックが眉根を寄せる。キャロラインは萎縮して青くなるダフネの肩をニコニコしながら抱き寄せた。

「わたくし、ミス・ハウエルズがとーっても気に入ってしまって、是非にとお願いしてお友達になっていただいたの。ダフネも絵を見るのが好きなのよ。ねっ？」

「は……、はぃ……」

消え入りそうな声でダフネは答えた。いくら鈍くても、これが偶然ではないことくらいわかる。キャロラインはフレドリックがここにいると知っていてダフネを誘ったのだ。

（でも……どうして……!?）

ダフネが取るに足らない中流階級《ミドルクラス》の娘であることを、キャロラインはよく知っているはずだ。遠ざけようとするならともかく、わざわざ引き合わせるなんて、いったいどんな悪戯《いたずら》を企《たくら》んでいるのだろう。

青ざめておろおろしているダフネを眺め、フレドリックは小さく嘆息した。それが舌打ちしたようにも聞こえ、ますます肩身が狭くなる。

（絶対、誤解された……！）

会わせてくれるようキャロラインに取り入って無心したのだと考えて、きっと不愉快に思うだろう。先日の舞踏会だって、彼は配偶者候補の令嬢たちを寄せつけない『虫よけ』として、ずっとダフネをエスコートしていたのだ。ダフネまで分をわきまえず結婚レースに加わったと見なしたら、どれほど不快になることか……。嫌われるどころか軽蔑されてしまう。

それともこれは遠回しの見せしめか何かなのだろうか。先日ダフネがフレドリックを『独占』する状況になったことをキャロラインは不愉快に思っていて……。

などと、妄想の域に達するまでダフネがぐるぐる思い悩んでいるその隣で、当のキャロラインは悪戯が大成功した少女のように瞳をきらめかせてわざとらしく声を張り上げた。

「あっ、いけない！　今日は姑《しゅうとめ》の伯爵夫人が訪ねてくるんだったわ。急いで戻らなきゃ！　ダフネ、悪いけどあなた、帰りはフレッドに送ってもらってね」

「え⁉　あ、あの、わたしも帰りますっ……」

「あらいいのよ、予定を忘れていたわたくしが悪いんだもの。あなたは名画の数々をゆっくり鑑賞してちょうだい。フレッド、わたくしに代わってきちんとミス・ハウエルズをもてなしてね。雑に扱ったりしたらどうなるかわからなくてよ」

にっこり、と、ある意味悪魔のごとき笑顔になると、キャロラインはダフネの頰にチュッとキスをして全速力で展示室から走り去った。呆然とするダフネの傍らで、フレドリックが肩を落として嘆息した。

「……まいったな」

「ご、ごめんなさい……！　あの、わたし辻馬車《つじばしゃ》を拾って帰ります。本当に、お邪魔してしまってすみませんでした」

いたたまれずに急いでその場を離れようとすると、ぶっきらぼうな声で引き止められた。

「待ちたまえ。せっかく来たんだ、好きに眺めていけばいい」

おそるおそる振り向くと、フレドリックは憮然とした面持ちでダフネを見ていた。不機嫌というより困惑しているようだ。少なくとも、怒ってはいない……らしい。ダフネはおずおずと頷《うなず》いた。

「はぃ……」

彼は何か言いかけたが、思いなおしたように口を閉じると、むすっとした顔つきでそれまで眺めていた絵に向き直った。邪魔にならないよう離れているべきだろうかと迷いつつ、彼が何の絵を見ているのか興味もあって、斜め後ろからそっと窺《うかが》った。

（あ……、ダ・ヴィンチだわ）

フレドリックが見ていたのは、レオナルド・ダ・ヴィンチの『聖アンナと聖母子の画稿』だった。レオナルドがミラノで活動していた時期に、祭壇画用に描かれた原寸大の下絵《カルトン》だ。紙に黒いチョークで描かれているだけなのに、温かみのあるやわらかな線から人物の肌のぬくもり、その場の静けさと穏やかな空気までもが伝わってくる。ダフネも大好きな絵だ。

フレドリックはかすかに眉根を寄せて画稿を眺めていた。そのまなざしには憧憬と苦悩とが入り交じっていて、ダフネは心がひりっと疼《うず》くのを感じた。静穏な主題の絵画なのに、それを見つめる彼は苦悶と戦っているかのようだ。

(この人は嵐を抱えている)

そんな思いが唐突に胸に沸き上がる。根拠というほどのものはなかった。ただ、何故だか強くそう感じたのだ。ダフネは彼と並んで絵を眺めた。

「……この絵を見ていると心が落ち着く」

ぽつりと彼が呟《つぶや》いた。ダフネは絵を見つめながら頷いた。

「そうですね。わたしもこの絵は大好きです」

フレドリックはちらっとダフネに目を遣《や》り、しばらくまた黙って絵を眺めた。やがて彼は向き直ると、相変わらず憮然とした顔でぼそりと言った。

「よかったら、一緒に見て歩こうか」

しかつめらしい顔が照れているようにも思えてくる。ダフネが微笑《ほほえ》むと、彼の表情はホッとしたようにやわらいだ。

示された腕を遠慮がちに取り、ゆっくりと展示室を歩いた。感想や印象を時折囁き交わしながら名画の数々を眺めていると、とても穏やかで満ち足りた気分になった。

「……ギャラリーにはよく来られるのですか?」

近くのティールームに移り、お茶をいただきながら尋ねてみると彼は穏やかに頷いた。

「クラブの行き帰りに立ち寄ることが多いかな」

紳士たちのクラブが集まるペル・メルはここからほど近い。フレドリックは社交期《シーズン》のロンドンにいても、メイフェアにある町屋敷《タウンハウス》とクラブを往復する他は、ナショナル・ギャラリーや大英博物館《ブリティッシュ・ミュージアム》に行ったり、たまにハイド・パークやセント・ジェームズ・パークを散歩するくらいらしい。

それで貴族として最低限の社交をこなし、パーティーや舞踏会などのお招きはほとんど断っているそうだ。キャロラインの招きにも、先日の舞踏会で義理を果たしたから今シーズンはもう応じるつもりはないという。

クラブに女性は入れないし、公園は行く時間帯が合わない。となれば美術館を狙うのが一番だ。ナショナル・ギャラリーなら広すぎる大英博物館《ブリティッシュ・ミュージアム》より『偶然』を装えると考えたのだろうが、あのわざとらしい言動ではどっちにしろ見え見えだった。

さいわいフレドリックはダフネがキャロラインにねだったとは考えていないようだ。巻き込んですまないと、かえって神妙な顔で謝られて焦ってしまう。

「どういうわけか、彼女はやたら僕を再婚させたがっていてね。妙齢のご婦人を次から次へと紹介されて困ってるんだ」

困るというよりはっきりと迷惑そうな顔でフレドリックは嘆息した。その気がないのに紹介されては確かに迷惑だろうが、キャロラインが相手を世話したがる気持ちもわからなくはない。

フレドリックはまだ二十代で、貴族として最重要問題ともいえる跡継ぎがいないのだから。

「あの……、子爵夫人とはどういう……？」

「親戚なんだよ。又従姉妹《いとこ》でね。領地が隣同士で、子供の頃から行き来してた。昔から自分勝手というか、独り決めしてこっちにはお構いなしにことを進める人で……。まぁ、悪気はないのはわかってるが」

「今日はごめんなさい。わたし全然知らなくて。お邪魔して本当にすみませんでした」

「いや、きみは悪くない。キャロラインの思い込みで不愉快な思いをさせてしまって、こちらこそすまなかった」

「不愉快だなんて……。お会いできて嬉しかったです。――あ、あの、その……、一緒に素晴らしい名画を鑑賞できて、光栄でした」

急いで付け足すと、フレドリックは少し驚いた様子でしげしげとダフネを眺めた。ダフネは赤らむ頬を隠すようにうつむいて紅茶を飲んだ。

「……退屈させたのでなければいいのだが」

「そんな！　楽しかったです。二度とお目にかかれないと思ってたから……、夢みたい」

正直に洩《も》らすと、フレドリックはかすかに苦笑した。

「きみは……不思議な人だね」

どう取ったらいいのかわからず、ダフネはぼんやりと目を瞬《まばた》いた。褒められたのだろうか。それとも皮肉られた？　フレドリックの青磁色の瞳は和やかだ。見つめ合っていることに気付いて急にきまり悪くなり、ダフネは目を泳がせた。耳朶《じだ》が妙に熱い。

「――ミス・ハウエルズ。よかったら、また付き合ってくれないか」

ぽかんと見返すと、彼は独りごちるように呟いた。

「きみとなら、いい友人になれそうな気がする」

友人。その言葉にほんの少しだけ胸の痛みを覚え、即座にダフネは己を叱りつけた。

(馬鹿ね。何を期待してるの)

フレドリックはもう何度も口にしていたではないか。結婚するつもりはないと。亡くなった妻を、彼は未《いま》だに忘れられないでいる。悲しみが癒える日がいつか来たとしても、ダフネが新たな伴侶になれるわけがない。身分が違いすぎるし、その違いを乗り越えるだけの財力も取り柄もないのだから。

それでも彼との間にほんのわずかでも重なる部分を見出《みいだ》せたことがダフネには嬉しかった。ダフネの好きな絵を、彼もまた好きなのだ。それがすごく嬉しい。世界の一部を共有できたような気分になる。

共有……。

(そうだわ、人生を共有するのは無理でも、少しの時間なら共有できる)

それで充分。そもそも出会ったことすら奇跡のようなものなのだから……。

感動を覚えて胸が熱くなる。だが、その沈黙をフレドリックは別の意味に取ったらしい。彼は言い訳するようにやや早口になった。

「もちろん、気が進まないなら無理にとは言わない。迷惑なら——」

「ち、違います！　迷惑だなんて、そんな……。すごく嬉しくて、わたし……」

おずおずと微笑むと、フレドリックは安堵《あんど》した表情でニコッと微笑んだ。内気な少年めいたその笑顔に胸が疼く。

（どうしよう……。わたし、本当にこの人のことが……好きになってしまいそう）

どんなに背伸びをしても手の届かない人なのに——。

「……でも、わたしで……いいいんですか？　わたし……、キャロラインみたいに気の利いた会話もできないし……、退屈させてしまうんじゃないかしら」

「無理に喋る必要などない。意味もない囀《さえず》りが聴きたいわけじゃないからね。もちろん、きみの声はとても可愛らしいが」

ダフネは頬を染めてうろたえた。

（ば、馬鹿ね。ただの社交辞令よ……）

「……きみと一緒に絵を眺めて、とても楽しかった。絵はひとりで気ままに鑑賞するのがいいと思っていたが、きみとなら連れ立って見るのも悪くない。きみはどうかな？　僕と一緒に見て回って退屈だった？」

ダフネは目を見開き、ふるふると首を振った。くすっと彼が笑う。

「きみとは趣味が合いそうだ。社交に興味はなくても、この時期のロンドンには見逃せない催し物もあるからね。勝手な言いぐさだが、きみが側にいてくれると何かと助かるんだ。もちろん、きみの役にも立てると思う」

暗に結婚相手を探す手伝いをしようと申し出てくれているのだと気付き、ダフネは微笑んでかぶりを振った。

「伯爵様のお役に立てれば嬉しいですわ」

「フレッドでいいよ。僕を友達だと思ってくれるなら、そう呼んでほしいな」

かすかな胸の痛みを抑えてダフネは微笑んだ。

「わかりましたわ。……フレッド」

夢の国の住人にはなれなくても。ほんのひとときでも望まれて彼の傍《かたわ》らにいられるなら、それで充分に幸せだった。


フレドリックはいろいろな場所にダフネを連れていってくれた。大抵は昼間、美術館や博物館を見学して、昼食を取り、公園をぶらぶらして自宅まで送り届けてくれる。

動物園や植物園、変わったところではマダム・タッソーの蠟人形《ろうにんぎょう》館にも行った。リージェント通りで手袋やハンカチ、帽子といった小物を買ってもらうこともあった。ねだったわけではないが、ダフネがあまり負担に感じないものをきちんと選んでくれるのも嬉しくて、ありがたく受け取ることにした。

彼と連れ立って歩くのは幸福で楽しかったが、建物の窓辺に貸間ありの表示を見つけると、つい目を惹《ひ》かれてしまう。

　叔父一家からの圧力は日に日に増していた。叔父は手がけている事業がうまく行っていないようで、伯爵から資金援助を引き出せと迫り、叔母はプリシラに伯爵の友人を紹介しろとせっつく。プリシラはダフネが貴族と友人づきあいするのをやっかんで、前にも増して意地悪をするようになった。

　フレドリックからプレゼントされたものを取り上げたり、外出着を破いたりして母親に叱られるとますますへそを曲げて幼児のように地団駄を踏む。叔母は別にダフネをかばったわけではなく、娘や夫のためにダフネが伯爵に取り入ってくれることを期待しているだけなのに。

　伯爵はダフネに気があるわけではなく、友人として遇してくれるだけだといくら強調しても納得してもらえない。友人なら援助すべきだなどと言い出すしまつだ。

　フレドリックが優しく親切に接してくれるのはダフネが野心も野望も持たないからだ。彼は非常に潔癖で、下心を持って近づく人間を鋭敏に見分ける。連れ立って歩けばたまには知り合いにも出くわすが、腹に一物あるような人物に対しては怖いほど冷淡でそっけない。そんなとき、彼はまさに『貴族』の排他性と冷ややかさを身にまとう。

　フレドリックはダフネに純粋な『友情』を求めているのだ。クラブでの殿方同士の付き合いとは違って張り合わず、気取ることもなく心穏やかでいられる女友達。

　彼には実の姉妹はいないそうだから、キャロラインが少々煩わしい『姉』だとすれば、ダフネはおとなしくて可愛い『妹』なのだ。気楽に付き合えて、彼の好きな芸術作品にも多少の理解があり、楽しく会話ができる都合のいい『妹』――。

寂しいけれど、望んで得られる立場ではないとも思う。フレドリックは優しくて礼儀正しい。いつでもダフネを淑女《レディ》として扱ってくれる。

失望させたくない。軽蔑されたくない。自分さえよければいいのかと詰《なじ》られても、彼の『友情』を失いたくはなかった。

「――ずいぶん熱心に見ているね」

我に返ってダフネは振り向いた。フレドリックが青磁色の瞳でじっと見つめている。芝居の昼興行《マチネー》を見て、家に送ってもらう帰路だった。たまたま馬車が渋滞で止まったのが不動産の仲介をしている店の前で、張り出されていた下宿人募集の張り紙が目についたものだから、ついじっくりと読んでしまった。

フレドリックは張り紙を眺め、かすかに眉根を寄せた。ガタン、と馬車が動き出す。

「家を出て働くつもりだとか、この前言っていたけど……、本気なのかい？」

「はい……。この前、ウェストエンドにある家庭教師《ガヴァネス》を専門に斡旋《あっせん》している紹介所に行ってみたんです。ウェスタウェイというところで……。所長さんとお話しして、とりあえず台帳に名前を載せてもらうことはできました」

フレドリックはどこか苛立《いらだ》った調子で肩をすくめた。

「僕に娘か小さな妹でもいれば、喜んできみを雇うんだが……」

「ありがとうございます。そのお気持ちだけで、充分ですわ」

素直な気持ちを表したつもりだったのに、フレドリックは何故か眉を吊《つ》り上《あ》げた。

「きみはどうして――」

唐突に言葉を切り、彼は顔をそむけた。

「あの……？」

「いや、気にしないでくれ。何でもないんだ」

彼は窓外に目を向けたままぶっきらぼうに言った。しばらく無言のうちに馬車は進み、ダフネの家が近づいた頃ようやくフレドリックは口を開いた。

「本当に働くつもりなら、僕が知り合いにあたってみる。だから紹介所はやめなさい」

「え……、でも……」

「紹介所の斡旋より僕が推薦したほうが雇用条件や家庭内での立場がずっと良くなるはずだ。僕としても、雇用主が信用のおける人物なら安心だからね」

そう言いながらもフレドリックの表情は渋く、気乗りしない様子だ。もしかして義務感のようなものを感じているのだろうか。ダフネは彼に負担感など抱いてほしくなかった。

「大丈夫ですわ。雇用者の身元はきちんと調査していると、所長さんが仰《おつしや》っていましたし……、それにわたし、けっこう辛抱強いですから」

「……それはわかってる」

彼は苛《いら》立《だ》ちと困惑の入り交じった瞳で憮《ぶ》然《ぜん》とダフネを見つめた。

ダフネが家に入っていくのを見届けて、フレドリックはステッキで馬車の天井を突いた。なめらかに馬車が動き出す。

ひどく落ち着かない心持ちだった。本気でガヴァネスになるつもりなのだろうか。もちろん、淑女《レディ》としての体面を失わずに経済的自立を図れる職業はそれ以外にない。結婚しない——あるいはできない——なら、ダフネには選択の余地などないのだ。

（結婚相手を探してやるべきなんだろうな……）

フレドリックは溜息《ためいき》をついた。持参金の有無を気にしない裕福な独身者はもちろんいる。年齢はずっと上になるが、それでもかまわないと言うなら探してもよかったのだ。実際、友人づきあいを始めた当初は彼女の希望に沿う相手を探してあげようと思っていた。

ダフネには、キャロラインの舞踏会で出会ったときから好感を抱いていた。美人だし、品もある。内気そうだが、話しているとしっかりした芯が感じられるのも好ましかった。

結婚するなら誰より大切にしたいと思える人がいい、というのも新鮮だった。大抵の若い娘は結婚で得られるものばかりを思い描いている。もちろん、ダフネにも安定した立場を望む気持ちはあるだろう。いくら控えめな性格でも、多少は贅沢《ぜいたく》だってしてみたいはず。だったらもう少し甘えてくれたっていいではないかと思うのだ。

（こっちから牽制《けんせい》しておいて、勝手だな……）

フレドリックは自嘲の表情になった。最初に出会ったときは花嫁候補を強引に紹介しようとするキャロラインから逃げ出してきたところだったので、結婚する気はないと必要以上に強調してしまった。純朴なダフネはそれを額面どおりに受け取り、何度一緒に出かけても期待をにじませることはなかった。

そのうちに、他の男に譲りたくないという気持ちが強くなってきた。彼女の側にいると心が安らぐ。可愛らしい澄んだ声を耳にするのは心地よかったし、天鵞絨《ビロード》のような光沢を放つ黒褐色《ブルネット》の髪や、憂いをふくんだ蒼い瞳に気がつけば見とれていた。

（求婚したら応じてくれるだろうか）

――いや、だめだ。結婚はしない。彼女が愛しいならなおのこと。お互いに傷つけあうような関係になるくらいなら、生涯『友人』でいたほうがいい。

だが、手放したくないという想いは強まる一方だ。近頃は彼女を独占したいとさえ感じ始めている。結婚しないのなら愛人にするしかすべはないが、そんな誘いにダフネが乗ってくるとは思えなかった。

あのように清純な娘に、愛人になってほしいなどと言えるわけがない。彼女は失望し、軽蔑するだろう。ようやく勝ち得た信頼すら失ってしまう。

フレドリックは馬車の座席に沈み込み、悶々《もんもん》と悩み続けた。

ダフネは自室に戻って着替えをし、フレドリックから贈られた瑪瑙《めのう》のブローチにそっとくちづけた。沈丁花《ダフネ》の花をかたどった美しいカメオだ。

（……不機嫌そうだったけど、気に障るようなこと言ったかしら）

彼の望む純粋な『友情』を超えて思慕していることに気付かれてしまった……？　気持ちを見せないように礼節を守っているつもりだが、ちょっとした言葉の端々や目つきからうっかり洩れてしまったかもしれない。

（もっと気をつけなくちゃ）

少しでも長く、この幸せな夢を見ていたいから……。もちろん、いつまでも続くことでないのはわかってる。八月になれば貴族たちはそれぞれの領地へ引き上げていく。

フレドリックはコーンウォールに広大な領地とエリザベス朝時代に建てられた先祖伝来のお屋敷がある。彼がふたたびロンドンに出てくる頃には、ダフネはガヴァネスとなってどこかに勤めているだろう。美術館や公園を一緒にそぞろ歩くことは二度とあるまい。

だから今だけは心地よい夢に浸っていたい。彼にも良い思い出としてわずかなりとも記憶に留めてほしい。そのためにはふくらんでいく気持ちを何としても抑え込まなくては——。

「——毎日のように出歩いて、いいご身分だこと」

とげとげしい声に振り向くと、プリシラが険のある顔で戸口に突っ立っていた。ダフネは急いでカメオを収めた抽斗《ひきだし》を閉めた。

「ドアを開ける前にノックくらいしてくれないかしら」

「あら、したわよ。ぼーっとして気付かなかったんじゃないの」

プリシラは鼻の付け根にしわを寄せて嘲《あざけ》った。彼女はこの頃ひどく機嫌が悪い。ドレスや帽子を新調したいとねだったのに許されなくておかんむりなのだ。これはという結婚相手も未だ見つかっていない。

今年デビューしたばかりなのだから、そう焦らなくてもいいと思うのだが、知り合いの令嬢が裕福な地主《ジェントリ》の長男を射止めたとかで、やたら対抗心を燃やしている。少しでも美しく裕福そうに見せようと、ダフネがフレドリックから貰《もら》った帽子やバッグ、アクセサリーなどを勝手に持ち出すこともしばしばだった。

せめて一言断ってからにしてほしいと頼んだが、世話になってるくせに恩知らずと逆に罵られた。ここはわたしの家で、あなたたちを置いてあげているのよ、とよっぽど言ってやろうかと思ったが、ぐっとこらえた。

「今しまったの、何」

プリシラはずかずか入ってきて、勝手に抽斗を開けた。止める暇もなく、カメオのブローチをさっと掴《つか》まれてしまう。

「まぁ素敵。わたしがもらうわ」

「返して！」

傍若無人な振る舞いにカッとなり、ダフネはいささか乱暴にブローチを奪い返した。ぽかんとしたプリシラは、憎々しげに眉を吊り上げた。

「何よ、貸してくれたっていいじゃない」

「貸してほしいなら勝手に持っていったものをまず返してちょうだい」

「新しく買ってもらえばいいでしょ。伯爵様はお金持ちなんだから」

「あの方とはそんなんじゃないわ。教養を身につけるのを手伝ってくださっているだけよ」

「どんな教養だか。結婚前の娘が付き添い《シャペロン》もなしに出歩いて」

「人の目が届かないような場所には行かないわ」

　密室でふたりきりというような状況は馬車に乗っているときを除けば一度もない。馬車だって、いつもカーテンを開けてあるし、そもそもフレドリックは常に礼節を保って必要以上にダフネに触れてくるようなまねはない。

　プリシラは悔しそうにダフネを睨《にら》み付《つ》けていたが、ふと意地の悪い顔でほくそ笑んだ。

「いい気になってると痛い目を見るわよ。いいえ、痛いとも言えなくなるんだから」

「……いいかげんにしてくれない」

　うんざりとダフネは顔をしかめた。フレドリックが妻を殺したという噂話ならもう散々聞かされた。それで彼を青髭呼ばわりして、ダフネが彼と結婚したら絶対殺されると脅かすのだ。

「あの人は殺人鬼よ。次の獲物を狙ってるんだわ。優しくされたからって勘違いしてると殺されちゃうんだからね！」

「くだらない煽情小説《ペニー・ドレッドフル》の読みすぎね。伯爵様は礼儀正しい紳士だわ。大体、奥様をひとり亡くしただけで青髭だなんて言い過ぎよ。失礼だわ」

「ふんっ、親切心で言ってるのに。あんたなんか青髭の餌食になっちゃえばいいのよ！」

「あのね……、わたしは結婚を申し込まれたわけじゃないの。本当にもういいかげんにして」

廊下に押し出されてもプリシラはしばし暴言を吐き続けていた。やっと彼女がいなくなり、ダフネはこめかみを押し揉《も》んで嘆息した。ますますこの家から出て行きたくなった。


ダフネの願いは思いも寄らぬかたちで実現することとなった。叔父が破産したのである。

資金繰りに苦慮しているのに見栄《みえ》っ張《ぱ》りの叔父は生活費を切り詰めるでもなく、むしろ羽振り良く見せようとしてさらに見栄《みえ》を張った。そして結局にっちもさっちもいかなくなって不渡りを出した。

ダフネは家具調度類が次から次へと運び出されていくのを呆然《ぼうぜん》と見ていた。いつのまにか屋敷はそっくりそのまま抵当に入っていたのだ。この家の名義が自分から叔父に変わっていたことをダフネは初めて知った。

「どういうことですか！　ここは元々わたしの両親の家なのよ？　相続人はわたしなのだから、わたしの持ち家のはず。叔父様に譲渡した覚えはありません」

問い詰められた叔父はうろたえて言を左右していたが、ついには開き直って怒鳴った。

「おまえを養ってやる代わりにいただいたんだ！　血縁でもないのに面倒を見てやったんだぞ、家くらいもらって当然だろうがっ」

「だからって、わたしに断りもなく――」

「おだまり、この恩知らず！　さんざん面倒を見てもらって、何なのその言いぐさは⁉」

叔母がこめかみに青筋をたて、ヒステリックにわめく。

「まったくだ、おまえみたいな疫病神、引き取ってやっただけでも感謝すべきだぞ！」

「……どういう意味ですか」

「おめでたいわね！　あんたの親が死んだのも元をただせばあんたが原因じゃないのっ」

プリシラが母親に負けぬ金切り声で叫んだ。泣き腫らした目は真っ赤に充血し、怒りと恨みとで可愛い顔がすっかりゆがんでいる。プリシラは青ざめるダフネに指を突きつけた。

「知ってるんだから！　あんたが駄々《だだ》をこねて引き止めたせいで馬車を飛ばすはめになったんでしょ。そのせいで事故が起きたのよ。あんたがいけないのよ。今度だって、あんたの勝手のせいでこんなことになったんだわ。あんたがシェルフォード伯爵にお金を貸してくれるよう頼んでいれば破産しないですんだのに……！　こんな状況じゃ結婚相手が見つからないじゃないの。どうしてくれるのよぉっ」

プリシラは泣きわめきながらダフネに掴みかかった。その狂乱ぶりを目の当たりにすると叔父夫婦もさすがに気を取り直したらしい。あわやダフネの首を締めんとするプリシラを慌てて引《ひ》き剥《は》がすとメイドに命じて自室へ引きずって行かせた。やれやれと汗をぬぐっていると、後ろから気取った猫撫《な》で声がした。

「……おや、お取り込み中でしたかな」

ぎょっとして振り向くとステッキをついた小太りの紳士がトップハットを摘《つま》んで一礼した。

「こ、これはハミルトンさん！」

「入り口が開いていたもので、勝手に入ってきてしまいましたよ。呼んでも応答がなくてね」

「すみません、バタバタしておりまして……。いえ、実はその、少々模様替えすることにしましてな」

叔父がうわずった声で言い繕うと、ハミルトン氏は愛想よく微笑しながら頷いた。

「ちょうどよかった。それでしたら私にちょっといいアイデアがありますよ。気に入っていただけるのではないかと思うのですが……」

「は？　はぁ……何でしょうか」

叔父は当惑して目を瞬いた。ハミルトン氏はにっこりと笑った。

「立ち話というのも何ですな。じっくりと腰を落ち着けてお話ししようではありませんか。奥様も、ぜひご一緒に」

「そ、そうですか。では書斎へ……。――おい、ハミルトンさんにお茶をお出ししろ」

仏頂面で立っていた執事に命じ、叔父夫婦はいそいそと案内にかかった。ちらと振り向いたハミルトン氏は豚のような黒くて丸い目をダフネに向けてにんまりした。

奇妙にねばっこい視線にぞっとして、ダフネは急いで自室へ逃げ込んだ。閂《かんぬき》をかけ、落ち着かない気分で室内を歩き回る。とてつもなくいやな予感がした。

小一時間ほど経った頃、ドアをノックする音が響いた。

「ダフネ。入るわよ」

叔母の声がして、ノブが回る。だが、閂がかかっているので当然開かない。

「あらっ⁉」

叔母は頓狂な声を上げるとノブをガチャガチャ回し、妙に焦った様子で続けざまにドアをノックした。

「ダフネ！　中で何してるの⁉　開けなさいっ」

窓辺に座って裏庭を見下ろしていたダフネは、うんざりと肩をすくめてドアを開けた。

「……何ですか」

「あ、あら、いたのね。よかった」

閂をかけてあるのだから、中にいるに決まってるではないか。叔母は何故《なぜ》か媚びるような笑みを浮かべてダフネを窺った。

「ちょっと書斎へ来てくれない？　あなたに大事な話があるのよ」

いやです、とにべもなく断って叔母の鼻先でぴしゃりとドアを閉められたらどんなによかっただろう。そういうわけにもいかず、ダフネはしぶしぶ叔母の後に従った。

書斎にいたのは叔父だけだった。ハミルトン氏は帰ったらしい。書斎には運び出された家具類が何故か戻っていて、叔父はニコニコしながら革張りのアームチェアを示した。

「まぁ、そこへお座り」

異様な愛想よさにますます警戒を強める。叔父のこんな顔、一度だって見たことはない。

「実はハミルトンさんが融資してくださることになってねぇ。おかげで我が家は破産を免れたわけだよ。この家にもこれまでどおり住むことができる」

「それはよかったですね」

驚くと同時に怪しみながら応じると、叔父はだらしなく笑み崩れた。

「何もかもおまえのおかげだよ。礼を言わなければならないなぁ。大切にしてくださるそうだから、安心して準備しなさい」

「……すみません、何を仰っているのかわからないのですが」

「あらいやだ。あなたの結婚話に決まってるじゃないの」

ホホホ、と叔母がわざとらしい笑い声を上げる。ダフネはぽかんと叔父夫婦を見た。

「結婚？　わたし、誰とも結婚の約束などしていません」

「それが決まったんだよ！　しかも破格の条件だ。なにしろ持参金など不要、身ひとつで来てくれればいいとのことだからな。なんと懐《ふところ》の広い方じゃないか。まったくおまえなんぞにはもったいないくらいだ」

「本当ですよ」

揃《そろ》って失礼な台詞《せりふ》を吐き、叔父夫婦は空々しい笑い声を上げた。

「まさかとは思いますが、叔父様」

「うん？　相手かね。もちろんハミルトンさんだよ。まさかシェルフォード伯爵と結婚できるなんて期待してたんじゃなかろうな？　馬鹿なことを考えるもんじゃない。おまえなんぞが名門貴族の花嫁になれるわけないだろうが。せいぜい愛人がいいとこだ。もっとも、向こうにはそのつもりもないようだがな。けちくさい小物しか贈ってよこさないんだから」

　叔父の口調から悪意がにじみ出す。ダフネはカッとなって立ち上がった。

「ハミルトンさんと結婚なんてしません！　お断りします！」

　出て行こうと身をひるがえしたとたん、叔母に腕を掴まれる。

「お待ち！　断れるわけないでしょ、もう決まったことなのよ。嫁の貰《もら》い手《て》があるだけでも感謝なさい。あんたなんか、どうせ行かず後家になるのがおちなんだから」

　嘲笑する叔母の手をダフネは毅然《きぜん》と払いのけた。

「そのほうがよっぽどましよ。わたし、この家を出て、住み込みのガヴァネスになります」

「勝手なまねはさせんぞ！　今日からおまえは外出禁止だ。シェルフォード伯爵の誘いもお断りしろ。婚約者がいる身で若い男と出歩くわけにはいかないからな」

　叔父は陰険な笑いを浮かべ、抗《あらが》うダフネを叔母とふたりがかりで自室へ引きずっていくと、外から鍵をかけてしまった。ダフネは息を荒らげてドアを睨んだ。

「……冗談じゃないわ」

　自分から何もかも取り上げた叔父たちのために、どうして自分が好きでもない――いや、嫌悪しか感じないような男と結婚しなくてはならないのだ。目頭が熱くなり、ダフネはぎゅっと瞼《まぶた》を閉ざした。脳裏に浮かんだフレドリックの面影が、これまで以上に遠く思えた。

第三章　Hide and Go Seek ～翼はなくても～

言い渡されたとおりダフネは一切の外出を禁じられた。フレドリックからの誘いの手紙には断りの返事を書くよう強要された。

「結婚が決まったと聞けば、対抗心を燃やして求婚してくれるかもしれないぞ」

卑しい笑みを浮かべる叔父をダフネは睨み付けた。本音では叔父はダフネがどちらと結婚しようとかまわないのだ。

どちらでも、高く買ってくれるほうに売りつけられればいい。むろん由緒ある貴族と縁続きになれたほうがより嬉しいだろうが、難しいことは叔父もわかっている。

経済的に行き詰まってでもいない限り、フレドリックにダフネと結婚するメリットはない。しかも保護者の叔父が破産状態となり、ますます『価値』が下がっている。だが、もしもフレドリックがダフネにぞっこんで、借財込みで『買い上げて』くれればそれに越したことはないと卑しい胸算用をしているのだ。そんな思惑を隠そうともしない叔父に嫌悪を覚える。

それでもかすかな期待を抱かないではいられなかった。結婚してくれないまでも『友情』から多少の便宜を図ってもらえないかと……。そんなことを考える自分が情けなく、叔父たちに劣らぬ卑しい人間に思えてダフネは落ち込んだ。

さんざん迷った末、事実だけを書き記した手紙を送った。叔父が破産したこと、融資と引き換えにハミルトン氏との結婚が決まったこと。もう二度と連れ立って外出はできないこと。

手紙は叔父が調べた後、封をされた。屈辱だったが黙って耐えた。これは最後の賭だった。

もしも賭に負けたなら、そのときこそ――。


数日たっても返事はなかった。諦めが広がっていくのを感じながら、檻《おり》にも等しい自室でぼんやりしていると、鍵の回る音がして叔母が顔を出した。

「お客様よ。失礼のないよう支度なさい」

「……どなたですか」

叔母は嘲るように笑った。

「あんたの素敵な騎士様よ。救い出しに来てくれたんだといいわね。さぁ、さっさと着替えるのよ。そんなしみったれた格好じゃ高く売り込めないわ」

客間《ドローイングルーム》に入っていくと、窓辺に立っていたフレドリックが振り向いた。目の奥がふいに熱くなる。無意識に握りしめた拳のなかで爪が食い込み、その痛みでどうにか冷静さを保つことができた。

「……こんにちは、伯爵様。お待たせしてすみませんでした」

「ミス・ハウエルズ。突然お邪魔して申し訳ない」

「まぁ、とんでもないですわ。ささ、お座りになって」

当然のような顔でくっついてきた叔母が満面の笑みを浮かべて勧める。彼のような上流貴族が訪ねてきたのはむろん初めてのことで、叔母は紅潮した顔でそわそわしていた。

長椅子に腰を下ろすと、フレドリックは青磁色の瞳で思慮深げにダフネを見つめた。

「結婚が決まったそうですね」

「ええ……」

ダフネはドキドキしながら小さく頷いた。彼の表情にもまなざしにも動揺は見られない。落ち着きはらったその態度からは何の感情も読み取れなかった。

ふたりが黙ってしまったので、焦れた叔母は勝手に喋りだした。

「お相手はハミルトンさんといって、金融業を営んでいらっしゃる方ですの。主人の事業にもいろいろとお力添えいただいておりましてねぇ。その縁でこの娘を見かけ、いたく気に入ってくださいましたのよ」

すでに知っていることだろうに、フレドリックはそつなく微笑した。

「おめでとう、ミス・ハウエルズ。あなたの幸せを心から願っています」

穏やかな言葉に、頭を殴られたようなショックを覚えた。顔から血の気が引く思いで、それでもダフネは漸う《ようよ》微笑を浮かべた。

「ありがとうございます……」

　フレドリックは青ざめたダフネの顔をじっと見つめた。彼の表情には何の変化も現れない。いかにも貴族的《ノーブル》な品のよさで叔母のくだらないお追従を聞き流している。

　ほどよいところで話を切り上げると、彼は優美に挨拶をして辞去した。最後に握手したとき、ほんの少しだけ手を握っている時間が長かったような気もしたが、たぶん錯覚だろう。それとも少しは惜しいと感じてくれたのだろうか。すぐに思い切れるくらいだったとしても……。

　彼が出ていくと、叔母は大仰に失望の溜息をついた。

「あーあ、残念。わざわざ訪ねてきたくらいだから、少しは脈があるかと思ったのに」

「そんなうまくいくわけないでしょ。ちょっとくらい美人だからって、貴族の奥方になんかなれっこないわ。高望みしすぎなのよ」

　同席を許されなかったプリシラが悔しげに罵る。ダフネは固い表情で踵《きびす》を返した。

「部屋に戻ります」

　そっけなく告げて部屋を出ると、まだ厭味《いやみ》を言い足りないのか、プリシラはしつこく追いかけてきた。

「これでわかったでしょ。あんたなんか金貸しの後妻がいいとこなのよ。身の程をわきまえることね！」

　ダフネのなかで何かが切れた。足を止め、くるりと振り向く。

「……あなたこそ、あまり高望みしないほうがいいんじゃないかしら」

「何ですって⁉」

「破産は免れたようだけど、あなたの持参金に回せるお金がどれくらいあるのかしらね」

冷笑すると、プリシラは形相を変えて掴みかかってきた。

「この性悪女っ……」

ダフネはさっと身をひるがえし、勢い余ってつんのめるプリシラにはかまわず階段を上った。プリシラの口汚い罵り声を締め出すようにドアを閉め、もたれかかって溜息をつく。

「……いちいち言われなくたってわかってるわよ」

夢の時間は終わり。現実へ戻るときが来たのだ。ハミルトンと結婚する気はない。絶対にしない。確かに叔父たちにまったく恩義がないとは言えないが、それ以上にダフネは騙《だま》され、利用されてきたのだ。知らない間に家も盗られていた。両親の遺産は借金返済に当てたら残らなかったと聞いて素直に信じ込んでいたが、それも怪しく思えてくる。養育名目でいいように使い込まれたのかもしれない。

人身御供《ひとみごくう》のようにダフネをハミルトン氏に差し出したところで叔父たちは何ら痛痒《つうよう》を感じないのだ。そもそも家族と見なしていないのだから、厄介払いできた上に借金を肩代わりしてもらえるとなれば断る理由はない。ダフネがどう思うかなど端から問題ではないのだった。

フレドリックの訪問から数日後、今度はグリーンバリー子爵夫人キャロラインが訪ねてきた。結婚にあたって必要なものをぜひ自分に揃えさせてほしいという。根がけちでしみったれな叔父夫婦が断るはずもなく、何の疑いもなく嬉々《きき》としてダフネを送り出した。

馬車に乗り込んでふたりきりになったとたん、キャロラインはずばりと尋ねた。

「本当にハミルトンと結婚するつもり？」

「……いいえ」

一瞬ためらったが正直に答えると、キャロラインはにっこりした。

「それじゃ、これからどうするか考えないとね！　何か計画はある？」

「ガヴァネスとして働こうと思います。斡旋所に登録したんですが、外出を禁じられていて、勤め口があるかどうか確かめにいけなくなってしまって……。勤め先が見つかったとしても叔父たちに妨害されるだろうから、どうやって家を出るかも考えないと」

キャロラインは溜息をついた。

「フレッドから聞いてはいたけど本気だったのね……。あのひと珍しく自分から訪ねてきたかと思ったら、あなたが結婚するそうだからいろいろと相談に乗ってやってほしいなんて、しかつめらしい顔でとんちんかんな頼みごとをしたのよ。まったく何を考えてるのかしら！」

「……お優しい方ですから」

胸の痛みを抑えて微笑むと、キャロラインは眉を吊り上げた。

「鈍いだけよ！　女心どころか自分自身の感情にすらね。そして取りかえしがつかなくなってから後悔するんだわ」

キャロラインはダフネの手をぎゅっと握った。

「ねぇ、正直に言って。フレッドのこと好きなんでしょう？」

ダフネは赤くなって目を泳がせた。

「あの……、とても素敵な方だと思ってますけど……」

「ああ、もう、じれったいわね。あなたのそういう今どき珍しく奥ゆかしくて控えめなところ、可愛くて大好きだけど、今は本音が聞きたいの。身分だの階級だのはこの際忘れてちょうだい。フレッドのこと好きなの？　嫌いなの？　どっちだかはっきりしてほしいわ」

「き、嫌いではありません。そんなこと……っ」

「じゃあ好きなのね？」

ためらった末、思い切ってこくりと頷く。キャロラインは顔を赤らめてうつむいてしまったダフネをそっと抱擁し、優しく背を叩《たた》いた。

「……いい子ね。気後れすることなんてないのよ。誰かを好きになるのは人間として自然なことだもの」

「ふさわしくないってわかってます……。大それた望みは持ってません。ただ遠くから想っていられれば……、それでいいんです」

「よくないわよ。側にいたいんでしょ」

けろりとした顔で言われてダフネはますます顔を赤らめた。

「わ、わたしはそうでも、あの方は別にわたしのこと、どうとも思っていませんから」

「そうかしら？　ずいぶんあちこち連れ回していたじゃないの」

「それはご好意で……、教養を高めておけばガヴァネスになったとき役立つだろうと」

キャロラインは溜息をついた。

「あなたって控えめすぎて複雑に曲解するタイプなのね。わたくしにはフレッドがあなたとのデートを純粋に楽しんでいたとしか思えないのだけど」

「で、でも、それらしいことは何も仰いませんでしたし……。というか、結婚する気はないと何度も繰り返していらして」

「まぁっ、失礼な！　未婚の淑女《レディ》をデートに誘っておいて、何なのその言いぐさ。わたくしならそんなこと言われた時点で厭味のひとつも吐いておさらばだわ。ま、惚《ほ》れた弱みってやつかしら？」

冷やかすように言ってキャロラインは肩をすくめた。

「そうやって甘い顔してるから、すっかり居心地よくなっちゃったのね。わたくしが思うに、フレッドは今頃パニックに陥ってるわ」

「そうは見えませんでしたけど……。家にいらしたときも、とても落ち着いていらして、『おめでとう』って……。だから別にわたしのこと何とも思っていらっしゃらないのだと」

「何とも思ってなかったら、わざわざわたくしを訪ねてきたりしないでしょ。澄ました顔してても内心では相当動揺してるはずよ。もう一押しで絶対プロポーズしてくるわ！」

ダフネは困惑して眉根を寄せた。

「あの……、どうしてそんなに、その……」

「くっつけようとするのか？」

「え、ええ……」

「そりゃあ、お似合いだからよ。あの舞踏会の夜、バルコニーで並んでるふたりを見た瞬間、この娘だってビビビと来たの。今まで何人もこれはというお嬢さんを無理やりフレッドに引き合わせてきたけど、自分で紹介しておきながら、どうもピンと来なかったのよねぇ。悪くはないけど、いまひとつしっくりしないというか……。それが、あなたはピッタリ！　まるであつらえたみたいにお似合いなんだもの。わたくし、もうワクワクしてしまって。絶対にくっつけてやろうと決意したのよ」

「はぁ……」

うっとりと頬を染める様に気押されて、ダフネは顔を引きつらせた。

キャロラインはそんなダフネの手を握りしめた。

「ねぇ、身分だの持参金だのは気にしなくていいのよ。フレッドは古い家系の当主だけど、本人の頭はけっこう新しめなの。貴族なのに自ら事業を手がけてるから想像はつくでしょう？」

「ええ、まぁ……」

「社交にもあまり関心がないのよね。まぁこれは彼が文句のつけようのない由緒正しい貴族だからこそ許されるとも言えるんだけど。新興貴族だったらとてもそうはいかないわ。だからあなたには、ある意味ラッキーと言えるんじゃないかしら。だからね、ダフネ。あなたフレッドと結婚なさい」

にっこりと笑まれてダフネは唖然《あぜん》とした。

「あの……、わたしが決めることではないと思うのですが……」

「あら、そんなことなくてよ。まずはあなたの意志が大切だもの。あなたがどうしてもフレッドと結婚したくないというなら無理に勧めるつもりはないわ。でも、あなたは彼のこと好きなのよね？　結婚してもいいなと思ってるんでしょ？」

「してもいいというか、できたらもちろん、嬉《うれ》しいですけど……」

「決まりね。それじゃ、どうしたらハミルトンと結婚せずに済むかを考えましょう。一番簡単なのは、肩代わりしてもらった借金を返済して婚約を解消することだけど……、この際フレッドに出させるのが手っとり早いわよね」

「そ、そんなご迷惑はかけられません」

「あら、彼なら出せるわよ」

「いえ、そういうことではなく！」

キャロラインは眉根を寄せ、うーんと首を傾《かし》げた。

「そうねぇ。それだと結局お金で買い上げるみたいで癪《しゃく》に障るわ。——ああ、そうだわ、いいこと思いついた。ダフネ、あなた家出なさい」

「は？」

「どっちにしろ家を出るつもりでいたんでしょう？　だったらとっとと出ちゃいましょう。大丈夫、うちにいればいいわ。あなたが結婚を嫌がるあまり家出して行方不明となれば、フレッ

ド も自分の気持ちを思い知らされて必死に探し回るはずよ。それでさんざん無駄足を踏ませて絶望の淵《ふち》に突き落としてから、おもむろにあなたと引き合わせるの。きっと感極まってその場でプロポーズするはずよ」

手を組み合わせてうっとりするキャロラインにダフネは顔を引きつらせた。ひょっとして彼女はロマンス小説の愛好者なのだろうか。

「あ、あの……。伯爵様のお気持ちは、はっきりわからないんですけど……」

「あら、好きに決まってるじゃない。好きでもない相手と何度も出かけたりしないわよ」

「でもその『好き』は、わたしの『好き』とは違っているかもしれませんし……」

「あなた疑《うたぐ》り深《ぶか》いのねぇ。心配しなくていいわよ。もしもフレッドがあなたが行方不明と聞いても何ら行動を起こさなかったとしたら、責任はわたくしが取ります。結婚相手なり、勤め先なりきちんと探してあげる。それなら安心でしょ？」

ダフネは迷った。甘えてしまっていいのだろうか。だが、キャロラインが好意で申し出てくれているのは確かだし（面白がっているところもないとは言えないが……）、このままだと有無を言わさずハミルトン氏と結婚させられてしまう。

（そうよ、もともと『賭け』に負けたら家出するつもりでいたんじゃない）

キャロラインの憶測を鵜呑《うの》みにしたわけではない。フレドリックにとってダフネは本当にただの『友人』にすぎないのかもしれない。そう考えるほうが理に適《かな》っている。だとしても、このまま流されるくらいなら力の限り足掻《あが》いてみたかった。

ダフネは意を決してキャロラインを見つめた。

「――よろしくお願いします！」

「そうこなくちゃ」

瞳をきらめかせ、にっこりと彼女は笑った。


無用な疑いを招かぬよう、キャロラインとは本当に結婚準備の買い物をした。叔父たち以上に赤の他人であるキャロラインに買ってもらうのは気が引けたが、姉と思って甘えてちょうだいと押し切られた。

「フレドリックと結婚するときに使えばいいわ」

けろっとした顔で言われて頬を染めながら、本当にそんな都合よくいくのだろうかと疑いをぬぐえない。その危惧は思ったより早く現実となった。キャロラインの援助で豪華な嫁入支度《トルソー》が揃ったのを見計らったかのように、ハミルトン氏の屋敷に移るよう申し渡されたのだ。

抵抗むなしく馬車に押し込まれ、ダフネはロンドン郊外にあるハミルトン屋敷に連れていかれた。郊外ならではの広い地所を持つ屋敷は高い塀で囲まれている。鉄柵の門扉の側には守衛小屋があり、出るときにはいちいち鍵を開けてもらわねばならない。

金融業という商売柄、用心が必要なのだろうか。夜には獰猛《どうもう》なマスチフ犬が庭に放たれた。

近々こっそり家を抜け出してキャロラインの屋敷にかくまってもらう計画だったが、それももはや難しい。どうやらハミルトンは子爵夫人がやけにダフネに肩入れしていることを知って不審を抱いたらしかった。

ダフネは絶望的な心持ちでベッドに腰を下ろした。あてがわれた部屋は目を瞠るほど豪華だが、装飾過剰で息が詰まりそうだ。本当に息苦しさを覚えて窓を開けようとして、窓に鉄格子がはまっていることに気付いた。この部屋だけではなく、ほとんどの部屋がそのような造りになっていて、屋敷全体が豪華な監獄みたいだ。

(どうしたらいいの……⁉)

途方に暮れてダフネは両手で顔を覆った。


フレドリックは自宅の書斎でぼんやりと物思いにふけっていた。頭に浮かぶのはダフネの寂しそうな面影ばかりだ。

(何故あんなことを言ってしまったんだ……)

おめでとうなどと、心にもないことを口にしたときの彼女の傷ついた寂しそうな顔――。思い出しただけでずきずきと心が痛む。彼女は腹を立ててもよかったのだ。むしろそれが当然だろう。なのに穏やかな声音で礼を述べさえした。

結婚するつもりはないと牽制しながら、たびたび誘い出した。見込みがないのだから、普通ならとっくに断っていただろう。それでも彼女は迷惑そうなそぶりも見せず付き合ってくれた。

自分を売り込もうとしたり、せっついたりすることもなかった。ただ穏やかに微笑みながら側にいてくれた。

それは彼女の純粋な好意に他ならない。そしてそれがフレドリックがぬけぬけと口にしたような『友情』ではないことも、わかっていた。いくらなんでもそれが察せられぬほどの朴念仁ではないつもりだ。

（結局、都合よく彼女に甘えていたんだな）

ダフネが自分を好いていてくれると感じるのは心地よかった。彼女のまなざしにはいつでも優しい思いやりが感じられた。敬意と思慕とで美しい蒼《あお》い瞳はなお透きとおって見えた。

だからこそ、怖くなってしまったのだ。いつか彼女が憎しみのまなざしを向けてくるようになったら……。想像するだけでぞっとして、結婚しようかという考えを吹き飛ばしてしまう。

夢のような時間、と彼女は口にした。それはフレドリックも同じだ。泡のように儚《はかな》いひととき。長続きするはずもないとわかっていて、少しでも先のばししようと目をそむけ続けた。その挙げ句がこれだ。よりにもよって彼女は最も避けたがっていた相手の元へ嫁がされることになってしまった。

ノックの音に生返事をすると執事が現れた。

「グリーンバリー子爵夫人がお越しでございます」

「キャロライン……？」

どうしようかと眉をひそめるや否や、執事を押し退《お の》けるように当人が現れた。

「失礼しますわよ。ああ、お茶は結構。長居するつもりはないから」

フレドリックは溜息をつき、下がっていいと執事に指示した。キャロラインはつかつかと机の前に歩み寄ると、メイドに預けず掴んだままでいたパラソルの先を、細剣《レイピア》か何かのように突きつけた。

「意気地なし」

彼女はいきなり吐き捨て、怒りに燃えた瞳でフレドリックを睨《にら》んだ。

「あなたがぐずぐずしているから、姫君がドラゴンに攫《さら》われてしまったじゃないの」

「……何だって？」

「ダフネよ。あの娘、ハミルトンの屋敷へ連れて行かれたわ」

「ミス・ハウエルズが……？」

「そうよ！」

悔しげにキャロラインは叫んだ。

「先手を打たれたわ。ハミルトンはあなたがダフネに関心を持っていることを知って、用心のため手元に置くことにしたのよ。邪魔されないようにね。あなた、それでいいの!?」

「……僕が決めることではない」

「わたくしはあなたの気持ちを訊《き》いてるの！　ダフネはとっくに決めたわ。ハミルトンとは絶対に結婚しないって。だから逃げる算段をしてたのに、あなたのせいで台無しになっちゃったじゃないの」

フレドリックは眉根を寄せた。

「ちょっと待て。逃げる算段とは何ですか。しかも僕のせいだと？」

「そうよ。わたくし、ダフネを家に匿《かくま》うつもりだったの。あの娘をハミルトンとは結婚させられないわ。冗談じゃない」

「……ミス・ハウエルズがあなたに頼んだんですか？」

「いいえ、わたくしがそそのかしたの」

けろっとした顔で答えたキャロラインは、フレドリックががっくりと額を押さえると憤然と眉を吊り上げた。

「不幸になるのが目に見えてるのに放っとけないでしょ！　好きでも嫌いでもない相手ならまだしも、ダフネはハミルトンを嫌ってるのよ。わたくしも嫌い」

「招待してたじゃないですか……」

「ただの数合わせよ。舞踏会なのよ？　大勢いたほうが楽しいわ。どっちにしろもう二度と呼ばないけどね。ともかく、わたくしのところにダフネを匿う手筈《てはず》だったのに、あなたのせいでハミルトンが警戒して攫っていっちゃったの。どうしてくれるのよ⁉」

「だからどうして僕のせいなんですか……」

「決まってるじゃない！　あなたがダフネに気のあるそぶりを見せてたからよ！　男らしく責任取りなさいっ」

びしっとパラソルの先端を突きつけられ、フレドリックは固まった。キャロラインは獲物を前にした雌ライオンみたいな笑みを浮かべた。

「まさか、今になって何とも思ってないとか言いだしたりしないわよねぇ？」

「……大変好ましい女性だと思っていますよ」

「そういう回りくどい言い方はやめてくれない!?　好きなの？　嫌いなの？」

「もちろん嫌いではありません」

「じゃあ好きなのね」

彼は刺すような光を湛《たた》えた瞳でキャロラインを睨んだが、口に出しては答えなかった。キャロラインはふふんと笑ってパラソルを引っ込めた。

「まぁいいわ。『沈黙は金』って言うしね」

「それは、黙っているほうが分別があるという意味ですよ」

「どうでもいいわ。ともかくわたくし、あなたはダフネと結婚すべきだと思うの」

目をらんらんと輝かせて言い切るキャロラインを、フレドリックは呆《あき》れた面持ちで眺めた。

「ずいぶん気に入ってるんですね」

「だって可愛いんだもの！　あなただってそう思うでしょ」

やはり答えず、フレドリックはそっけなく肩をすくめた。

「照れてるの？　殿方って本当に面倒くさいわねぇ。――あ、まさかあなた、ダフネが貴族じゃないからいやだとか言わないでしょうね」

「もしそうなら一緒に出歩いたりすると思いますか」

「そうよね。あなたって、そういう本気と遊びの使い分けができるほど器用じゃないものね」

ずけずけ言って楽しげにキャロラインは笑った。

「いちおう訊いてみただけよ。ダフネのほうは自分が貴族じゃないからあなたには釣り合わないって思い込んでるみたいだから。気にすることないのにねぇ。亡くなった父親は法廷弁護士だったのよ。立派な紳士《ジェントルマン》だわ」

キャロラインは大きく息をついた。

「ああ、喋ったら喉が渇いちゃった。やっぱりお茶をもらおうかしら」

フレドリックは憮然とした顔で卓上のベルを鳴らした。顔を出した執事に『子爵夫人にお茶をお出ししてくれ』と命ずる。キャロラインは来客用のアームチェアに勝手に腰を下ろし、観察するようにフレドリックを眺めた。

「わからないわ。どうしてためらうのかしら？　お互い独身で、好き合ってるわけでしょ？　経済的な問題があるわけでもない。結婚をためらう理由なんてないと思うんだけど」

長い沈黙の後でフレドリックは呟《つぶや》いた。

「……今の彼女が好きなんです。ずっと変わらないでいてほしい」

目を丸くしたキャロラインが口を開いた瞬間、ティーセット一式を載せた銀盆を掲げて執事が入ってきた。サーブされた薫り高い紅茶を受け取り、執事が下がるとキャロラインはゆっくりとカップの半分ほど紅茶を飲んだ。

小さく吐息を洩らし、彼女は呟いた。

「……そうね。人間は変わるものよね。良きにつけ悪《あ》しきにつけ、変わらざるをえないのが人間というものだわ。ダフネのあの艶やかな黒髪もいつかは灰色になり、やがては白くなるでしょう。みずみずしい肌は張りを失い、しみが浮き、無数のしわが刻まれる……」

「そんなことを言ってるんじゃない」

苛々《いらいら》とフレドリックが遮る。くすりとキャロラインは笑った。

「わかってるわよ。彼女の気持ちが変わってしまうのが怖いのね。それとも自分の気持ちが変わることを恐れているのかしら？」

「……たぶんどちらも」

キャロラインはまた一口紅茶を飲んだ。

「……モイラのこと、まだ気にしてるの？」

フレドリックは答えず、ただ憂愁の色が濃くなった。

「うまくいかなかったのはあなたのせいとばかりは言えないわ。そもそも共通するものが全然なかったのよ」

「しかし、僕がもっと——」

「あなたは誠意を尽くしたわよ。思うんだけど、もともと持っていないものはどんなにがんばってもあげることはできないんじゃないかしら。まがいもので我慢するか別のかたちを見つけるか……、どちらもだめなら別れるしかないわ。でもねぇ、フレッド。今度はあなた、あげられるものをたくさん持ってるはずよ。出し惜しみしてると後で後悔するんだから」

「別に出し惜しみしてるわけでは……」

憮然《ぶぜん》とするフレドリックに、キャロラインはくすりと笑った。

「だったら、よくわかるように示さなきゃ。ダフネって素直に見えて一周回って斜め上に誤解するタイプよ。できるだけストレートに表現したほうがいいと思うわ。——じゃ、後は任せるわね。ドラマチックな救出劇を期待してるわ」

上機嫌にパラソルを振りながらキャロラインは出ていった。フレドリックは回転椅子の背にもたれ、ぼそりと呟いた。

「結局、おもしろがってるだけじゃないのか……?」

とはいえ確かに手をこまねいてはいられない。行動を起こすなら思い切って賭けに出る以外になかった。


(——行動するしかないんだわ)

同じ頃、閉じ込められたダフネも同じ結論に達していた。このままでは教会に結婚予告を出されてしまう。その前に何としても脱出するのだ。しかし警備は厳重で、ひとりきりになれるのは寝るときだけ。しかも外から施錠される。

キャロラインは何度か訪ねてきてくれたが、いつもハミルトン家の家政婦《ハウスキーパー》が付き添い《シャペロン》よろしく張りついているから相談などとてもできない。ただ、彼女のさりげない言葉や目配せで、今でも諦めてはいないことは伝わった。

（キャロラインの家までたどり着ければ、匿《かくま》ってもらえる）

だが、彼女の家にいることを知られてはならない。少なくとも、入るところを目撃されないように気をつけねば。絶対に彼女に迷惑をかけたくはなかった。匿ってもらうだけでかなりの迷惑を及ぼしてしまうのだから。

（どうやったら誰にも見られないでお屋敷まで行けるかしら……）

場所はわかっている。舞踏会の後にも、彼女の自宅でごく内輪のお茶会に招かれたことがあった。そのときの客はみなとても感じのよい人たちばかりで、キャロラインの気遣いが感じられて嬉しかった。

どうにかしてこの屋敷から抜け出し、辻《つじ》馬《ば》車《しゃ》を捕まえて乗ってしまえば何とかなる。だが、そもそも家から出るのが難題だ。つねにメイドが側にいて、執事や家政婦にも見張られている。外出するときもメイドのほかに従僕《フットマン》が最低二人は付いてくる。うまく辻馬車に飛び乗れればいいが、自力で走って逃げることなど絶対むりだ。

そんなある日のこと、ハミルトン屋敷でちょっとした騒ぎが持ち上がった。いつもながら気の進まないディナーの席に着くと、玄関のほうから大声でわめきたてる声が響いてきたのだ。

「……何だ、いったい」

ハミルトンがムッとした顔でドアを見ると、そのドアがいきなり開いて叔父のマシューがずかずか入ってきた。

「どういうことですか、ハミルトンさん！」

「これはコルケットさん。どうされました」

「どうもこうもありませんよ！　債権書を持った奴《やつ》がいきなり家にやってきて、今すぐ出て行けと言うんです。どういうことですか⁉」

青筋をたてる叔父にハミルトンは冷笑を浮かべた。

「そう仰られても。私の持ち家を私が売って何が悪いんでしょうかねぇ」

「あれは私のものだ！　あんたは姪《めい》を嫁にくれれば借金を肩代わりしてやると言ったはずだ」

憎々しげに指さされ、ダフネは目を丸くした。ハミルトンはそらとぼけた顔でうそぶいた。

「肩代わりしましたとも。債権は全部まとめて買い上げた。つまり、あなたの会社も家屋敷もすべて私のものというわけです。私のものを私がどうしようと勝手じゃないですか」

「そ、そんなのは詐欺だっ」

「私としては花嫁の親族ということで当分は今までどおり住まわせてあげるつもりでいたんですがね。どうしてもあの家を譲ってほしいという方がいらっしゃいまして。私も商売ですから利益を出さねばなりません。大変よい条件だったものでお譲りすることにしたんですよ」

やっとダフネにも事情が呑み込めてきた。ダフネが両親から受け継いだ家は、いつのまにやら叔父に詐取されていたわけだが、それを担保に事業資金を融通していた叔父は破産し、債権はハミルトンが買い上げた、叔父は家の権利を返してもらえるものと思い込んでいたが、ハミルトンは第三者に売り渡してしまったのだ。

「これから私たちはどこに住めばいいんだ⁉」

「当座の生活資金として百ポンドさしあげたじゃないですか」

「あれっぽっち！　――ふん、いいだろう。そっちがそのつもりなら、これから私たちはあんたの家に同居させてもらうことにする」

「何ですと」

さすがにハミルトンも呆気《あっけ》にとられた。そこへ、叔母とプリシラが怒り心頭という顔でつかつかと入ってくる。

「ご厄介になりますわよ、ハミルトンさん。何せ、あたくしどもは親戚ですものねぇ」

叔母はふてぶてしい笑い声を上げた。プリシラは射殺しそうな目つきでダフネを睨み付けた。まるでダフネがすべての元凶とでも言いたげだ。実際そう思い込んでいるのかもしれない。

さすがにこれはまずいと悟ったらしく、ハミルトンはコルケット一家をなだめながらまとめて押し出すように一緒に食堂から出ていった。

唖然としていたダフネは気を取り直して玄関を覗《のぞ》いてみた。くっついてきた叔父一家の使用人たちが馬車に積んできた家財道具を邸内に運び込もうとしてハミルトン家の使用人と声高に揉めている。メイドも従僕もみんな出てきてぽかんと事態を眺めていた。

（――チャンスだわ！）

ダフネは素早く自室へ駆け戻り、小さなバッグに財布とフレドリックからもらったカメオのブローチを入れて裏階段を下りた。着替えてなどいられないのでディナードレスのまま、ショールを肩に巻き付ける。

この時間なら犬はまだ放たれていない。鉄柵の門は叔父たちの馬車が入ってきたときにきちんと閉じられず、開いているのがわかった。かなり強引に押し入ってきたのだろう。門番もまた玄関前の騒動に加わっているようで、門の前に人影はなかった。

思い切って走り出すと、背後から犬の吠《ほ》え声《ごえ》が聞こえてきた。脱走に気付かれたのか、それとも玄関前の騒ぎを聞きつけた下男が勘違いして犬を放したのか。焦った男の怒鳴り声が聞こえてきたが、『お嬢《ミス》さん!』という言葉しか聞き取れなかった。

ダフネは息を切らして門の隙間を駆け抜けた。そのとき閉めておけばよかったのだが、焦っていてそれどころではなかった。がらんとした道を走り出すと、後ろから犬の吠え声が追いかけてきた。走るダフネを見た犬たちは、猛然と後を追って門から飛び出した。

(何とかして辻馬車が流している通りまで出るのよ……!)

しかし全速力で走ったことなど幼い子供の頃以来だし、履いているのは華奢《きやしや》なヒール靴だ。犬の吠え声はどんどん迫り、ついにはドレスの裾に食いつかれた。転倒した拍子に靴が脱げてしまったが、かまわず走り出す。さいわい足はくじかずに済んだ。

犬はすぐに追いすがってまたドレスに噛《か》みついた。ビリビリと布地が裂ける。

「やめて!　離しなさいっ」

ダフネは犬を追い払おうと必死にバッグを振り回した。ついに布地が破け、勢いで犬がひっくり返る。布が牙に絡み、犬は唸《うな》りながら激しく頭を振った。ぼろぼろになったドレスの裾からドロワーズを覗かせて必死に走っていると、後ろからガラガラと車輪の音が響いてきた。

辻馬車が通り掛かったのかと走りながら振り向いたが、あいにくそれは二輪辻馬車《キャブ》ではなく、一頭立ての黒い四輪箱馬車《ブルーム》だった。その窓を押し下げて、人の顔が覗く。薄暮のなか、金髪がふわりとなびいた。

「ミス・ハウエルズ！」

フレドリックが走る馬車の窓から身を乗り出していた。彼はもどかしげにドアを開け、手を差し出した。

「乗って！」

反射的にダフネはその手を掴んでいた。力強い腕が身体を引き上げ、バタンとドアが閉まる。フレドリックは急いで窓を戻し、黒い窓覆いをさっと引き下ろした。同時に馬車がスピードを上げる。息を切らすダフネを座席に座らせ、彼は心配そうに顔を覗《のぞ》き込《こ》んだ。

「ケガはない？　犬に噛まれたんじゃ……」

「い、いえ、大丈夫……です……」

裂けたドレスから脚が覗いているのに気付いて、急いで裾を引っ張ったが、とても覆いきれない。しかも靴をなくして裸足《はだし》である。真っ赤になってうろたえていると、安堵《あんど》の吐息を洩らしたフレドリックにぎゅっと抱きしめられ、息が止まりそうになった。

「よかった……」

心底ホッとした声音にますます狼狽《ろうばい》する。ダフネが硬直しているのに気付いたフレドリック

はふたたび心配そうな顔になって瞳を覗き込んできた。

「本当に大丈夫かい？　家に着いたら医者を呼ぼう。もう少しだけ辛抱してもらえるかな」

「だ、大丈夫です！　でも、あの、どうして……？」

フレドリックは微笑んだ。

「きみに会いに行くところだった。もう一度チャンスをもらえないかと」

思いも寄らぬ言葉に息を呑む。

「屋敷の前まで来たら犬に追いかけられているご婦人が見えて。何事かと馬車を寄せてみたら、ミス・ハウエルズ、きみだろう。無我夢中で引き上げたというわけさ。いったい何があったんだ？　あんな獰猛そうな犬に追いかけられるなんて」

先ほどの出来事をかいつまんで話すと、フレドリックはばつの悪そうな顔になった。

「それは……すまなかった」

「？　どうしてあなたが謝るんですか」

フレドリックはしばらく迷っていたが、やがて言いにくそうに切り出した。

「実は、きみの家を買ったのは僕なんだ」

ダフネはぽかんと彼を見返した。

「……あなたが？　でも、どうして……」

「きみの家だからね。返してあげようと思って。まさかこんな騒ぎになるとは予想しなかった。僕の名を出さないよう代理人を頼んだんだが、進め方が少し強引すぎたらしい」

すまない、と頭を下げられ、ダフネは慌てた。

「いえ、そんな。まさか家財道具を持って押しかけてくるなんて誰も思いませんもの……」

「家の名義はすぐにきみの名義に戻すから心配しなくていいよ」

ダフネはあっけにとられて彼を見つめた。

「……どうしてそこまでしてくださるんですか」

「きみを傷つけたお詫《わ》びだよ」

ずきりと胸が痛む。その痛みを封じるようにダフネは昂然《こうぜん》と顔を上げた。

「わたし……、傷ついてなどいません」

「きみは優しいね、ミス・ハウエルズ。献身的で自制心が強い。だから僕は都合よくきみに甘えていた。なのに不実だと詰りもしない」

「不実だなんて思ったことありません。あなたは物事を率直に仰るし……、とても正直な方だと思っています」

そう言ってふと顔を赤らめると、フレドリックは困ったように微笑んだ。

「確かに僕は何度も口にした。『誰とも結婚する気はない』と。だが、きみとなら結婚してもいいと思う。――ミス・ハウエルズ」

「え……!? は、はいっ？」

「僕と結婚してもらえないだろうか」

そっと手を取られ、瞳を覗き込まれる。頭がくらくらして視界がくにゃりとゆがんだ。

「ミス・ハウエルズ？」

心配そうなフレドリックの声が、やけに遠くから聞こえてくる。

（これは夢なのかしら……？）

そうよ、夢を見てるんだわ。だって、こんなこと現実のはずがないもの……。

「ミス・ハウエルズ！　しっかりしなさい。……ダフネ！」

ああ、やっぱり夢だわ。彼が名前を呼んでくれるなんて。

わたし、きっと犬に噛まれて死んだのね。これからは、ずっとこの幸福な夢を見ていられるのかしら。だったら死んだほうが幸せだわ……。

うっとりと笑みを浮かべながらダフネの意識はぷつりと途切れた。

第四章　Love Stigma ～甘い刻印～

身体が宙に浮く感覚で意識が戻った。間近にフレドリックの端整な顔が見えてぎょっとする。ダフネは彼に横抱きにされて馬車から下ろされるところだった。

気付いたフレドリックがホッとした顔で微笑んだ。

「よかった、気がついたね」

「あ……お、下ろしてください、わたし歩けます……っ」

「だめだよ、靴がない」

そうだった、犬に追いかけられて転んだときに靴が脱げてしまったのだ。しかもドレスの裾はボロボロで、破れたペチコートとドロワーズが覗いている。羞恥で真っ赤になってダフネは身を縮めた。

「お帰りなさいませ、旦那様」

聞こえてきた壮年の男性の声は明らかにとまどっている。ダフネはますます恥ずかしくなって必死に顔をそむけた。自然とフレドリックの胸に顔を押しつけるかたちとなり、もうどうしていいやらわからない。

「すぐに寝室を用意してくれ。いや、その前に風呂だ」

「まぁ、どうなさったんですか」

　驚いた女性の声が上がる。ちらっと窺うと、善良そうな顔だちの中年女性が目を丸くしていた。襟の詰まった濃灰色のドレスに鍵束《シャトレーヌ》を下げた格好からしてこの家の家政婦《ハウスキーパー》に違いない。

「犬に襲われたんだ。ケガをしていないか見てやってくれ。入浴と着替えの手伝いも頼む」

「かしこまりました。では、とりあえずこちらへ」

　家政婦に案内された客間《ドローイングルーム》で、そっと長椅子に下ろされる。

「医者を呼んだほうがいいかな」

　家政婦が答える前にダフネは急いで首を振った。

「いえ、けっこうです！　本当に大丈夫ですから」

「噛まれてはいないようですね。痛むところはございませんか」

　てきぱきと確認しながら家政婦が尋ねる。ダフネが頷くと彼女は微笑んだ。

「ドレスとペチコートのおかげですね。足裏が少しすりむけているだけですよ」

　フレドリックの表情がようやくやわらいだ。

「それじゃ、風呂に入って着替えるといい。後は頼むよ、ミセス・ウィザースプーン」

「あ、あのっ……」

　思わずすがるように見上げると、フレドリックは優しく微笑んだ。

「大丈夫、彼女は信頼できる。ミセス・ウィザースプーン、こちらのミス・ハウエルズはグリーンバリー子爵夫人のお気に入りのお嬢さんだ。くれぐれもよろしく頼むよ」

「かしこまりました」

主人に褒められて、家政婦はかすかに頬を紅潮させて頷《うなず》いた。フレドリックが出ていくと、彼女は不安げな面持ちのダフネを元気づけるように微笑んだ。

「すぐにお風呂を支度しますからね。とりあえずドレスを脱ぎましょうか。本当にひどい目にあわれましたねぇ。さぞ怖かったでしょう」

主人の指示というばかりでなく、ミセス・ウィザースプーンは未《いま》だ青ざめて怯《おび》えた表情のダフネにいたく同情したらしかった。彼女の指示でさらに数人のメイドが手伝いにやってきた。

隣接する浴室には琺瑯《ほうろう》の大きなバスタブが備えつけられ、手際よく湯が用意された。温かなお湯に身を浸し、ダフネはホッと息をついた。念のため脚をよく触って確かめたが、痛みはない。ただ、転んだときに膝をぶつけたようで、薄くあざになっていた。

湯の中でくつろいでいるうちにショックと緊張も次第にやわらいでいった。風呂から上がるとすでに寝室の用意は調い、着替えも用意されていた。優美なナイトガウンを着せられてとまどう。フレドリックは独身なのに、どうして女性用の寝間着が……？

（――馬鹿ね！　前の奥様のものに決まってるじゃない）

フレドリックにかつて妻がいたという事実を改めて突きつけられ、急に胸が痛くなった。用意されたお茶を飲んでいるとコツコツとドアが鳴り、ダフネは慌ててカップをサイドテーブルに置いた。

「はいっ……」

背筋を伸ばして応じると、遠慮がちに扉が開いてフレドリックが顔を覗かせた。

「……入ってもいいかな」

「ど、どうぞ……」

彼はダフネの傍らにそっと腰を下ろした。

「……少しは落ち着いた？」

「はい。あの……おかげで助かりました……。ありがとうございます」

「ちょうど通り掛かって本当によかったよ」

彼は穏やかに微笑んだ。シャツの上にドレッシング・ガウンを引っかけた、くつろいだ格好にどぎまぎしてしまう。

フレドリックはしばらく黙ってダフネの横顔を見つめていた。その視線だけで頬が熱くなる。顔をそむけることも向き直ることもできなくて、いたずらに膝の上の自分の手を見つめていると、ぽつりと彼が呟いた。

「綺麗な髪だ」

顔から火を噴きそうになって固まるダフネの肩から、すらりとした指で髪を一房掬《すく》い取《と》る。

「……極上の絹糸みたいにサラサラだね。この髪に触れてみたいと、ずっと思っていた」

彼が髪にそっと唇を押し当てるのが視界の隅に映り、ダフネは失神しそうになった。髪の毛に感覚などないはずなのに、彼の唇の温かさまで伝わってくるようで眩暈《めまい》がする。家族でもない異性の前で下ろし髪をさらしていることに、今更ながら激しい羞恥を覚えた。

フレドリックは髪を唇に押し当てたまま、青磁色の瞳を上げた。

「ミス・ハウエルズ。さっきの答えを聞かせてもらえないだろうか」

「……っ！」

「僕と、結婚してほしい」

「で、でも、わたし……」

耳まで真っ赤に染めてダフネはうつむいた。

「……僕が嫌いかな」

沈んだ声に顔を撥《は》ね上げ、ぶんぶんとかぶりを振る。

「そんなことありません！　そんな……嫌いだなんて……。わたし……、わたし、あなたが……す……好きです……！」

勇気を振り絞って告白すると、彼は何故《なぜ》か愁わしげに眉根を寄せて微笑んだ。

「……では、結婚してくれるね」

ダフネは狼狽しきって目を泳がせた。

「で、でもわたし、貴族じゃ……ないですし……」

「そんなこと、気にする必要はない」

「持参金も、ありませんしっ……」

「金に不自由はしていないよ。きみにも不自由させないつもりだ」

「そ、そういうことでは……っ」

「僕との結婚は、きみにとって悪い話ではないと思うが。……少なくともハミルトン氏と結婚するよりはずっとましなはずだよ」

ダフネは急に泣きたい気分になった。

まし……？　いいえ、比較になどならないわ。比べてみたこともない。あなたは誰とも比べられない。誰もあなたと比べられない。だけどわたしが聞きたいのは、そんな言葉じゃない。

「……どうしてわたしなんですか？」

声を震わせて尋ねる。聞きたいのはただ一言。彼の気持ちが知りたいだけ……。

フレドリックは虚を衝《つ》かれたようにダフネを見返し、困惑混じりに微笑した。

「もちろん、きみに側にいてほしいからに決まってる」

「どうしてですか」

ダフネは少し依怙地《いこじ》な気分になって追及した。フレドリックは聞き分けのない幼児をなだめるような顔でダフネを見つめた。

「きみと一緒にいると、とても心が安らぐんだ」

それは確かに嬉しい言葉ではあった。だが、ダフネが欲しい言葉ではない。

急に力が抜け、うつろな気分になった。彼はどうあってもダフネに『愛している』と言うつもりはないのだ。愛しては、いないから――。

彼はとても正直で誠実なひと。甘い嘘《うそ》などついたりしない。ただダフネを傷つけまいと、単なる同情をふわふわの真綿でくるんでいるだけ……。

ただ一言、『好きだから』と言ってくれたら、それだけで充分だったのに。どんな荒海が待ち受けていようとも、躊躇《ちゅうちょ》なく彼の腕に飛び込めたのに――。

「……光栄ですわ。でも、やっぱりご厚意に甘えてばかりではいけないと思うんです」

フレドリックはぽかんとダフネを見返した。何を言っているのかわからない、といった面持ちだ。ダフネは精一杯の自制心を駆り立てて微笑んだ。

「以前、ガヴァネスの勤め口を探してくれると仰《おつしや》いましたよね。お願いできませんか」

まじまじとダフネを見つめる白皙《はくせき》の美貌が、怒りでうっすらと紅潮する。

「僕と結婚するよりガヴァネスになったほうがいいと言うのか……⁉　あんな中途半端で曖昧な立場に、望んで身を置きたいと？」

「少なくとも経済的に自立はできます」

「そんな必要はない。僕が養ってやる。不自由させないと言ったはずだ」

「そうまでしていただく理由がありません。紹介できないと仰るなら自分で探します。斡旋所《あつせん》がだめでも新聞や雑誌に広告を出せば――」

「きみのような美しい女性は家庭不和の元だ。とても薦められないね」

ぴしゃりと言われ、さすがに温厚なダフネも頭に来た。

「ひどいわ！　最初から紹介する気なんてなかったのね⁉」

「きみの身を案じているだけだ。もしも雇い主やその家族に手を出されたりしたら……、それともそれで玉《たま》の輿《こし》を狙ってるのか？　だったら僕と結婚すれば望みはすべて叶《かな》う――」

いきなり頬が鳴ってフレドリックは目を瞠《みは》った。ダフネはじんじんする指を握り込み、憤激の涙をにじませて彼を睨んだ。

「侮辱しないで……！」

フレドリックは叩かれた頬を確かめるようにゆっくりと指先で触れ、悄然《しょうぜん》と眉を垂れた。

「……すまない。言いすぎた。きみを誰かに盗《と》られると思ったら……」

彼は顔をゆがめると、ダフネの肩を掴んで引き寄せた。いきなり懐に抱きしめられて息が止まりそうになる。

「きみを奪われたくない。誰にも渡したくないんだ」

歯ぎしりするように囁いて彼はダフネの唇をふさいだ。目を見開き、腕をつっぱってもがくと、なおもきつく抱きしめられる。

「んッ……、んぅ」

息苦しさにフレドリックのまとうドレッシング・ガウンの襟を強く掴んだ。つかのま離れた唇が、息を整える暇もなくふたたび重なってくる。噛みつくように狂おしく口腔《こうこう》を蹂躙《じゅうりん》され、ダフネの瞳から涙がこぼれた。

悲しいのか、怖いのか、単なる息苦しさなのか、わからなくなった。抵抗力を根こそぎ奪おうとするかのように、フレドリックはなおも執拗《しつよう》に唇を貪り続ける。

ぐったりと喘《あえ》ぐダフネに懇願するようなくちづけを繰り返しながら彼は囁いた。

「ダフネ……、僕の側にいてくれ。ずっと……ずっとだ……」

（……わたしを愛していないのに？）

溺れそうな眩暈のなかで、ぼんやりと彼を見つめた。苦しそうな顔……。そう、最初から彼は苦しんでいた。ダフネの知らない何かにもがき苦しんでいる。それを決して明かそうとはせず、心を閉ざしたままダフネを留め置こうとする。

（勝手だわ）

憤りながらも彼を突き放せない。逞《たくま》しい腕に抱かれてくちづけられることに歓喜している。熱い唇。指先に触れるやわらかな髪。想像以上に広い肩幅や胸板の厚さが間近に迫ってドキドキする。彼の香りに包まれただけで、うっとりと夢見心地になってしまう。

さんざんに唇を吸いねぶると、彼は急いたように口腔に舌を侵入させた。ぬるりと絡んだ肉厚の舌の感触にぞくぞくして、なおも瞳が潤む。

「う……、ん……」

ちゅぷちゅぷと唾液が絡み、淫らな水音が耳元で響いてダフネは頬を染めた。ぬめる舌の表面を擦り合わされると、身体の中心が熱くなって奇妙な疼痛《とうつう》が生まれる。

くちづけを繰り返しながらフレドリックはダフネのナイトガウンを脱がせ、床に放り投げた。それを目の隅で捉え、ぼんやりとダフネは思った。

（ああ、そうよ。簡単なこと……。彼は前の奥様を今も愛しているんだわ）

誰も取って代わることのできない位置に『彼女』はいる。フレドリックが愛しているのは亡くなった妻だけなのだ。ダフネは彼の背にそっと掌《てのひら》を這《は》わせた。

（……だから寂しい。だから苦しいのね……）

愛していた妻を殺したと噂《うわさ》され、否定したところでよけいに怪しまれるだけ。彼は沈黙し、噂を知りながら爵位と財産目当てに近づいてくる女性たちを退《しりぞ》けた。

（わたしを遠ざけなかったのは、わたしが何も望まなかったから……）

ダフネはただ彼の側にいられればよかった。それだけで嬉しくて幸せだったのだ。最初から高望みだとわかっていたのに、何を欲張っていたのだろう。

彼はダフネが望むとおり、ずっと側に置いてくれるという。それも愛人などではなく、結婚して正式な妻にするというのだ。身寄りも身分も財産もないダフネには、充分すぎる待遇ではないか。

（少なくとも、彼を手に入れられるわ）

心は無理でも、誰憚《はばか》ることなく寄り添っていられる。彼の側でぬくもりを感じて暮らせるなら、それでいいじゃないの……。

一目で心を奪った青磁色の瞳が優しくダフネを見つめ、唇がそっと重なった。先ほどの無理強いを詫びるように甘いキスを繰り返す。ダフネは彼の背に腕を回して抱きしめ、くちづけに応えた。熱い吐息とくちづけの音が薄闇のなかで絡み合う。彼の瞳が欲望の翳《かげ》りをおびるのを、ダフネはどぎまぎしながら見返した。

「……結婚してくれるね？」

甘い誘惑の声音に今度こそ抗えず、ダフネはこくんと頷いてしまった。フレドリックはとろけるような笑みを浮かべた。

「嬉しいよ。約束する。きみを誰より大切にする……」

囁いて彼はうやうやしいキスをした。頬を優しく撫《な》で、首筋にくちづけながらゆっくりとダフネの身体を愛撫し始める。

「ぁ……あの……っ」

赤面しておずおずとガウンの袖を引くと、彼は顔を上げて微笑んだ。

「やっぱり気が変わったなんて、明日になって言われたくないからね」

「い、言いません、そんな……」

「いや？」

「いやじゃ……ないですけど……」

「きみが欲しい。ずっと欲しかった。きみの黒髪をほどいて、白い背中を美しく流れ落ちる様を夢想したよ。……髪を下ろしたきみを見た瞬間……、絶対に手放してなるものかと思った」

熱っぽい欲望の告白に頭がくらくらする。恥じらいを遥《はる》かにしのぐ喜びに胸を震わせ、ダフネは彼を見つめた。フレドリックに愛されたかった。今すぐに。せめて身体だけでも。房事についてダフネはほとんど無知だったが、身を任せることに嫌悪はない。

「……怖い？」

甘く問われ、ダフネはおずおずと頷いた。フレドリックは微笑んでダフネにキスした。

「優しくするよ」

彼はうっとりするようなくちづけを繰り返しながらダフネの夜着を脱がせた。白い裸身を剥《む》き出《だ》しにされ、羞恥に頬を染める。

「灯……、消してください。恥ずかしい……」

サイドテーブルには燭台《しょくだい》が置かれ、上等な蠟燭《ろうそく》がかすかに炎を揺らがせている。くすりとフレドリックは笑った。

「だめだ、消したらきみの綺麗な身体が見えない」

ダフネはますます顔を赤らめ、胸元を手で覆った。しかし手首をそっと掴《つか》まれて引き剥がされてしまう。

「恥ずかしがらずに見せて。……すごく綺麗だよ」

囁いて彼は身をかがめ、震えている薔薇《ばら》色《いろ》の先端にそっとくちづけた。ぞくんっと甘い疼きが身体の中心を駆け抜け、ダフネは声もなく喘いだ。

フレドリックはダフネの反応に目を細め、ゆるやかに上下している乳房を掌で包んでやわやわと揉《も》み始めた。

「痛くない？」

「は、はい……」

うろたえながらダフネは頷いた。

（痛くはないけど……変な感じ……）

同性にも触れられたことのない乳房が男性の大きな掌に包まれている。押し揉まれ、ぐにぐにとかたちの変わる様がひどく淫らで、とてもいけないことをしているという気がしてくる。

「あ、あの。やっぱり灯を——。ひやっ！」

いきなり乳首に吸いつかれ、ダフネは悲鳴を上げた。うわずった自分の声に赤面して口を押さえると、フレドリックがくすりと笑った。

「感じやすいね」

「びっくり……して……」

「可愛いよ、ダフネ」

彼は甘く囁いてふたたび乳首を口に含んだ。軽く吸いながら舌で捏《こ》ね回《まわ》されると、花びらのようにやわらかだった乳首はきゅんと収縮してそばだった。弾力のある尖《とが》りの周囲を舌先でぐるりと舐《な》められ、ちゅうっときつめに吸い上げられると、ぞくぞくする感覚が身体の中心から突き上げてくる。

「ぁ……、はぁっ……」

フレドリックはダフネの反応に目を細め、片方の乳首を吸いねぶりながらもう片方の乳房を縦横に揉みしだいた。

「やぁ……っ、そんな、しないで……っ」

かぼそい声で訴えたがフレドリックは笑って取り合わない。ようやく口を離したかと思うと、即座に反対側に吸いついて、初心《うぶ》な蕾《つぼみ》を転がし始めた。頭をもたげてみると、ピンと尖った先端は彼の唾液に濡れて、煽情的《せんじょう》な鮮紅色に染まっていた。混乱と羞恥でくらくらと眩暈がして、ダフネは両手で顔を覆った。

「だめだよ、隠しては」

忍び笑いとともに手を引き剥がされる。唇が重なり、ぬるりと舌が入り込んだ。

「んッ……、ぅ……」

抱き起こされ、さらに深く口腔を貪られた。ぴしゃぴしゃと舌が絡む音の淫らさに瞳が潤む。息苦しさ以上に、不穏な戦慄《わなな》きにぞくぞくした。

「……甘い唇だ」

うっとりと囁いて、フレドリックは掌に収めた乳房を執拗に揉み絞った。起き上がったことで乳房は彼の掌にすっぽりと包まれ、捏ね回されるたびにたゆたゆと重たげに揺れ動く。

（は、恥ずかしい……）

ぎゅっと目をつぶって羞恥をこらえていると、くすりと笑った彼の唇が潤んだ目元に押し当てられた。

「こんなことを言うときみは怒るかもしれないが……、きみの前であくまで紳士らしい態度に徹するのはなかなか大変だった」

「え……？」

「きみはとても魅力的だったからね……。立ち居振る舞いは非の打ち所がなかったけど、同時にとても……そそられた」

なまめかしく色づいた首筋の皮膚を軽く食《は》みながら、くすぐるように舌を這わせる。

「ぁんッ……」

「……一度でも触れれば歯止めが効かなくなりそうで、必死に自制したんだよ」

「そ、そんな」

「軽蔑する……？」

「しません！」

ダフネは急いでかぶりを振り、おずおずと彼を見つめた。

「しません……けど……。でも、そんなふうには、全然……」

「言っただろう？　必死に自制したと……。──たぶん僕は、きみが思っているような男じゃない」

どこか自嘲を含んだ呟きに目を瞠る。彼はダフネの頬をそっと撫でた。

「きみは後悔するかもしれないね」

ダフネは息を呑んで彼を見つめた。翳りをおびた青磁色の瞳。美しく、謎めいていて、目を逸らせない。

「……あなたは？　あなたも後悔するの？　わたしを妻にしたら……っ」

フレドリックは憂わしげに微笑《むく》した。

「後悔するとしたら、きみを無垢なままにしておかなかったことだろうな」

「わたし、お人形さんじゃありません。子供でもないわ。わたし……あなたにふさわしい人間になりたい」

「きみは僕には過ぎたひとだよ」

子供ではないと、子供っぽく言い張るダフネに彼は優しくキスをした。ダフネは彼を掻《か》き抱《いだ》き、もっと激しいくちづけをねだった。

彼の欲望の対象になりたかった。心を手に入れることができないのなら、せめて身体だけでも独占したい。彼が死んだ妻をどれほど愛していても、現実に彼の情欲を満たすことはできないのだから。

つたないながらも懸命に舌を絡ませていると、彼はかすかに呻《うめ》いてダフネをベッドに押し倒した。突き放されたのかと身をこわばらせたが、すぐに彼は覆《おお》い被《かぶ》さって、餓《う》えたようにダフネの乳房を貪り始めた。

強く吸われてピリッとした痛みが走る。ダフネは潤んだ瞳を瞬き、頼りなく首を振った。そうやって吸われ、ねぶられているうちに自分のなかで何かがゆっくりと花開いてゆく。固い蕾がほどけ、花びらがめくれ上がり、雌蕊《めしべ》から甘い蜜を滴《したた》らせ始める。

「あ……ん」

ダフネは頬を染め、無意識に腰をくねらせた。触れられているのは乳房や乳首なのに、身体の中心部がツキツキと疼いてじっとしていられない。もじもじと腿《もも》を擦り合わせていると、フレドリックは身体を起こして白い裸身を食い入るように見つめた。

尖りきった乳首を指先でもてあそんだかと思うと、ツッとその指を腹部に走らせる。彼はゆっくりと上下している平らな腹を撫で、慎《つつ》ましい黒い森の周縁を指先でたどった。

「……脚を開いて」

誘惑の声音で命じられ、閉じ合わせていた腿をおずおずと開いた。恥ずかしくて、掌がやっと入るくらいの隙間を開けるのが精一杯だ。彼は褒めるように脚のあわいを優しく撫でた。

「いい子だ」

笑みをふくんだ囁《ささや》きとともに薄い皮膚をゆっくりと愛撫される。途端にぞくぞくと産毛が逆立つような感覚に襲われて、ダフネは顎を反らした。

「ひぁ……ッ」

「もう少し開いてごらん。できるね？」

「ん……」

ダフネは羞恥をこらえて脚を広げたが、拳が入るほどの隙間以上にはどうしても開けなかった。フレドリックは震えている膝頭にチュッとキスして微笑んだ。

「可愛いね。こんなに震えて。……まだ怖い？」

「ぁ……、恥ずかし……っ」

「あまり苛《いじ》めても可哀相だな」

笑み混じりに囁いて、フレドリックは無造作にダフネの脚をぐいと押し開いた。

「やぁあっ……」

恥部を剥き出しにされる感覚に真っ赤になって抗ったが、膝裏を掴んでシーツに押しつけられてしまう。身動きが取れなくなり、ダフネは涙をにじませて哀願した。

「いやぁっ、見ないで……っ」

「ああ、もうこんなに蜜をこぼして……。感じてくれてるんだね、ダフネ」

彼の指が小さな肉芽に触れると、甘い疼きが電流のように走った。ダフネは細い悲鳴を上げて背をしならせた。

「あぁぁっ……」

ぬるりと指が滑り、震えている花芽を撫《な》で回《まわ》す。彼の言うとおり、いつのまにかそこは粘性のある熱い液体で満たされていた。彼の指がうごめくたびに根元から『蜜』があふれだし、くちゅくちゅと淫らな水音を立て始める。

「あぁ……、いや……」

恥ずかしさに泣きたくなり、両手で顔を覆うとフレドリックが笑って額にキスした。

「誤解しないで。女性は気持ちよくなれば誰でもこうなるんだから」

「……本当？」

「本当だよ」

ダフネはおずおずと微笑んで彼のくちづけを受け入れた。舌を絡ませながら同時に花芽をいじられて、とろとろと蜜が滴る。

「指、入れるよ」

囁いたフレドリックが、ゆっくりと蜜孔に指を侵入させる。たっぷりと蜜をまとっているから滑りはよかったけれど、異物を挿入される初めての感覚にぞくっと冷や汗が浮いた。

「痛い？」

「だいじょ……ぶ……」

「ゆっくり慣らそう。もう少しほぐさないと、つらいだろうから」

フレドリックはダフネにキスしながら、慎重に指を前後させた。ちゅぷ、じゅぷと粘液をかき混ぜられる音が次第に高まってゆく。

「ン……」

秘処をいじられながら舌を甘噛みされ、ダフネは快感に瞳を潤ませた。指を二本に増やされると引き伸ばされた処女襞がずきずきと痛んだけれど、苦痛を訴えたらやめてしまうのではないかと言い出せなかった。痛いのは怖い。でも、それ以上に彼を失うのが怖かった。

「……きついな。やっぱりいきなりは無理か」

独りごちるような呟きを聞いて、ダフネはすがるように彼を見つめた。フレドリックは苦笑して、ちゅっと唇にキスをした。

「そんな泣きそうな顔をしないで。責めてるわけじゃない。たぶん僕が焦りすぎなんだ」

彼はそっと指を引き抜くとダフネを後ろから抱き抱え、ふたたび花芽を弄《いじ》りはじめた。

「一度達しておけば楽になるかもしれないね」

彼は空いたほうの手でゆったりと乳房を揉みながら囁いた。秘処をまさぐる指は恐ろしいほど優しい。指先でくりゅくりゅと転がしたかと思うと、今度は二本の指で挟んで擦り立て、剥き出しになった花芯を摘んで捏ね回す。同時にねっとりと耳朶《じだ》に舌を這わされ、甘噛みされて、ダフネはたまらずに悶《もだ》えた。

「あぁんっ、やぁ……、んッ、だめ……、ひぁ……ッ」

「……気持ちいい？」

耳朶を舐めしゃぶりながら問われ、ダフネはがくがくと頷いた。

「い……、ぁ……」

ぞくんっと顎を反らしてダフネは震えた。お腹《なか》の奥がきゅんきゅん疼き、よじれるような奇妙な感覚が押し寄せる。

「あ……！　いやっ……、何か……、く、来る……⁉」

「大丈夫、怖がらずに身をゆだねてごらん」

「で、でも……」

「可愛いダフネ。きみの花開くときだ」

「んッ……！」

ひときわ大きな戦慄が内奥から突き上げる。フレドリックの胸に背を預け、ダフネはがくがくと痙攣《けいれん》した。

「ふぁ……、ぁ……、はぁ……ッ」

無意識に詰めていた息をほどいて喘ぐと、フレドリックが頬にキスしながら震えている花芽を優しく撫でた。

「達ったね……。さぁ、これできみは恍惚《こうこつ》を知った。ご感想は？」

ダフネは赤くなって上目づかいにフレドリックを見た。

「……すごかった……です……」

「可愛いな」

フレドリックは目を細め、ダフネの唇を吸った。

「怖くないってわかった？」

「はい……」

うっとりとダフネは頷いた。こんな快楽があるなんて知らなかった。まるで禁断の果実を味わってしまったかのよう。もう二度と、知らなかった頃には戻れない。この人に誘惑の果実を差し出されたら、受け取らずにはいられないだろう。

でも、差し出すのはわたしだけにしてほしい。他の誰にもあげてはだめ……。

ダフネは彼と唇を合わせながら、独占欲がますますふくらむのを感じた。このひとが欲しい。わたしを貪って、同じ快楽を味わってほしい。わたしを独り占めにして、離さないで。

ダフネは彼を抱きしめ、胸に顔を埋めて囁いた。

「お願い。わたしをあなたのものにして」

フレドリックはダフネの髪を撫で、情欲と執心のにじむ声音で呟《つぶや》いた。

「もちろん、きみは僕だけのものだ。他の誰にも渡しはしない……！」

彼はダフネを掻き抱き、唇を貪りながら押し倒した。ひとしきり熱いくちづけを交わし、軽く息を乱しながら起き上がるとフレドリックは荒々しく着衣を脱ぎ捨てた。くちづけの余韻でくらくらしつつ、ダフネはうっとりと彼の裸身を見上げた。

初めて彼を見たとき、彫像のようだと思ったのはあながち間違いではなかった。色白で引き締まった彼の体つきは確かにどこか彫像めいている。博物館に展示されている古代の彫刻のような……。

重なった肌は温かく、密着した胸からは力強い鼓動が伝わってくる。抱きしめられるとすっぽりと包み込まれるようで、安堵と高揚とで涙がこぼれそうになった。

濡れた蜜口に固いものが押し当てられ、ダフネは頬を染めた。ちらりと見てとっさに目を逸《そ》らしてしまった彼の欲望が、今まさに処女宮を征服しようとしている。恐れはまだ残っていたけれど、快楽の一端を知った今では、それ以上に彼が欲しくてたまらなかった。

彼は濡れ溝に沿って何度か屹立《きつりつ》を前後させ、熱い吐息を洩らした。

「……きみが欲しい、ダフネ」

わたしもよ、と口の中で呟く。声に出すのはまだ恥ずかしすぎた。代わりに背中に腕を回して彼を抱きしめる。押しつけられた彼の屹立はびっくりするほど大きくて固く、本当に受け入れられるだろうかと不安が胸をかすめた。だが、『待って』と制止する前に張り出した先端がくぷりと蜜口にもぐり込んでくる。

「んッ……！」

反射的に締めつけてしまい、彼が低く呻いた。

「……ごめん、痛かった？」

「だ……いじょ……ぶ……」

ダフネは無理に笑みを浮かべると、怯える襞を何とかゆるめようとした。フレドリックはダフネの呼吸を見計らい、一気に隘路《あいろ》を貫いた。脳天から火花が散るような衝撃に、悲鳴を上げて反り返る。ぴったりと腰を密着させてフレドリックが熱い吐息を洩らした。

「挿入《はい》ったよ。……痛くしてごめん」

ダフネは答えることもできず、ぎゅっと目をつぶった。身を屈《かが》めたフレドリックが詫びるように優しくくちづけてくる。

「きみは僕のもの。僕だけのものだ。これからずっと……」

ダフネは頷いて彼に抱きついた。

「嬉《うれ》しい……！」

やっぱり彼を愛してる。彼の心がどこにあろうと、愛さずにはいられない。こうして身体を繋げている瞬間だけは、きっと彼は自分のもの。ダフネだけのものなのだ。

彼は甘く情熱的なくちづけでダフネを散々に酔わせると、ゆっくりと腰を揺らし始めた。最初は引き攣《つ》れるような痛みが残っていたが、愛撫されるうちにふたたび誘い出された蜜が隘路を満たして雄茎の動きを助ける。

固く締まった肉棹で繊細な襞を擦られるのが次第に心地よくなってきて、ダフネは自ら腰を振って悶えた。

「ぁん……っ、あ……っ、は……、ふぁ……、あっ、あン……」

ぬぷぬぷと蜜孔を出入りする剛直の質感がたまらない。こんなことをされて気持ちよくなってしまうなんて、想像を絶している。好きなひとを受け入れ、快楽をわかちあうのは何て幸福なんだろう……。

「ぁ……、フレッ、ド……。きもち、ぃ……っ」

「ダフネ……」

熱い吐息を洩らし、官能に眉根を寄せてフレドリックは呻いた。彼もまた快楽を感じているのだとわかって嬉しくなる。

「もっと……きて……」

「だめだよ、そんなことを言っては……。加減できなくなる……」

「い……の……。もっと、好きに……して……」

そしてわたしに夢中になって。わたしの身体に。そうしたら、少しはあなたの心を手に入れられる。ほんのちいさなカケラでも——。

「ダフネっ……」

彼は苦しげに呻くとダフネを膝に抱え上げ、激しく穿《うが》ち始めた。濡れた肌がぶつかりあい、ぱちゅぱちゅと淫らな音を立てる。刺激と快感でますます誘い出された蜜がしぶき、腿や腹にまで淫靡《いんび》に飛び散った。

荒々しく揺さぶられながら、ダフネはフレドリックの白皙の顔が快楽に上気する様をうっとりと見つめた。絡み合う視線で、魂の奥底まで犯されている気がしてくる。ぞくぞくするほどそれが嬉しかった。

なけなしのプライドで気取ったところで、本当はずっとこうなりたいと願っていたのだ。彼に捕まえてほしかった。後戻りできなくなるように、しるしをつけてほしかった。

わたしはあなたのもの。そして、あなたはわたしのもの。けっして誰にも渡さないわ……。

「……っ、く」

フレドリックの呼吸が荒くなり、腰を打ちつける動きが切迫してくる。彼は大きく喘ぎ、ついに欲望を解き放った。

「はぁっ……は……ッ」

熱い飛沫《しぶき》がひくひくと痙攣する蜜壺に注ぎ込まれる。ダフネは恍惚として彼の情欲を受け止めた。フレドリックはぶるりと身体を震わせ、慎重に己を引き抜いた。

彼はダフネの傍らに横たわり、うっとりと半開きになった唇に優しくくちづけた。

「……よかったよ」

ダフネは微笑んだ。彼のものになったというより彼を手に入れられた気がして嬉しかった。

（それともまた夢を見ているのかしら……？）

でも、寄り添った身体は温かい。破瓜《はか》された痛みは恍惚の余韻でじんわりと痺《しび》れたようだ。

「……これは夢？」

思わず呟くと彼は苦笑した。

「夢にされては困るな」

その言葉にダフネは安堵して彼の胸にもたれた。

「よかった……」

優しく彼が髪を撫でてくれる。ダフネは幸福感に包まれて眠りに落ちた。


翌朝目覚めたダフネはひとりきりの寝台を眺め、あれはやっぱり夢だったのかしらとぼんやり考えた。裸のまま眠ってしまったはずなのにきちんと夜着を着ているし……。それにしてはやけに具体的な、というか、あまりにも具体的すぎる夢だったけど。

何気なく掛けふとんをめくってぎょっとした。敷布が赤く汚れている。焦っていると、コンコンとドアが鳴った。

「は、はい⁉」

家政婦のミセス・ウィザースプーンが入ってきて微笑んだ。

「おはようございます、ミス・ハウエルズ」

「お、おはようございます……」

「起きられますか？　それとももう少しお休みになられますか。旦那様からは好きなだけお休みいただくよう申しつかっておりますが」

「あ……、そろそろ起きます……」

「ではお茶を」

家政婦は控えていたメイドから銀盆を受け取り、洗面用具の支度を命じた。カーテンを一枚開けて光を取り入れ、手早く紅茶をカップに注ぐ。礼を言って受け取り、ベッドのなかで薫り高い紅茶をいただいた。家ではベッドで紅茶を飲む習慣はなかったので、何だか緊張する。

家政婦は残りのカーテンを開けると戻ってきて、ちょっと一礼した。

「正式な侍女が決まるまではメイドのひとりをお付けいたします。今日はとりあえずわたくしがお世話させていただきますね」

「よ、よろしくお願いします……。あの、ごめんなさい、わたし、その……、ベッドを汚してしまったみたいで……」

家政婦はにこりと微笑んだ。

「ああ、どうぞお気になさらず」

彼女がどう取ったのか判然とせず、ダフネはうつむいて紅茶を飲んだ。月経だと思われたのか、昨夜の出来事を知っているのか。いや、ダフネにもどっちだかわからなくなってきた。求婚されて承諾したのも、彼に抱かれたのも、すべて自分の妄想に思えてくる。

洗顔用のお湯が用意され、ミセス・ウィザースプーンに手伝ってもらって身繕いをした。彼女は以前、別の屋敷で侍女として働いていたことがあるそうだ。

「今日はお楽に過ごされたほうがよいでしょう」

彼女が用意してくれたのは優美な化粧着《ペニョワール》だった。上等な生地で作られた、ゆったりしたデザインのドレスだ。これも亡くなった前妻のものかと思うと袖を通すのがためらわれたが、他に着替えはないのだからやむを得ない。

簡素に髪を結ってもらい、家政婦に案内されて朝食室へ赴いた。朝食室ではフレドリックが紅茶を飲みながら新聞を眺めていた。ダフネが入っていくと彼は顔を上げ、少し驚いたように微笑んだ。

「やぁ、おはよう。もっとゆっくりしていてよかったんだよ」

「いえ……、すみません。おはようございます……」

気恥ずかしくて、まともに視線を合わせられない。ダフネが席に着くと、フレドリックはやや身を乗り出して小声で尋ねた。

「動いても大丈夫？」

カァッとダフネは赤くなった。昨夜の出来事が夢でなかったことは、他に説明のつかない局部の痛みで納得できたが、それならそれでまた恥ずかしい。結婚前に関係を持つのは褒められたことではない。

「だ、大丈夫です……」

消え入りそうな声で答えると、彼はテーブルの下でダフネの手をきゅっと握った。びくりと顔を上げると、彼は励ますように微笑んだ。

「近いうちにきみが正式な女主人になることは、家政婦と執事にすでに伝えた。僕の婚約者として堂々としていなさい。いいね」

「は、はい……」

「早急に専任の侍女を手配する。それから着替えも。古着なんか着せたくはないからね」

「あの……、これ、前の奥様のものですよね……？」

おずおずと尋ねると、彼は少し険しい表情でぶっきらぼうに頷いた。

「領地のほうでは処分したんだが、こちらはうっかりしていた。悪く思わないでくれ」

「いえ、そうじゃなく……。わたしが着たりして、ごめんなさい」

「何故謝るんだ？」

フレドリックは不思議そうにダフネを見た。

「大事に取っておきたかったかと……」

「取っておいて何になる？　彼女はもういないんだ」

怒気のこもった声に思わず身を縮めると、フレドリックは悔いたように眉を垂れた。

「……すまない。必要なものはすべて新調する。ミセス・ウィザースプーンが揃えてくれるだろう。何ならキャロラインに相談するといい。きみを連れてきたことは知らせておいた」

そこへ執事が銀の盆に手紙を載せて運んでくる。封を切って一読し、彼は肩をすくめた。

「やれやれ、さっそくお出ましか」

「え……？」

「キャロラインだよ。午後一番に訪ねてくるそうだ。仕方ないな、間に合わないからアフタヌーン・ドレスも古いものを着てもらうしかない。ミセス・ウィザースプーンに相談して見繕ってもらいなさい」

素直に頷き、ダフネは運ばれてきた朝食を食べ始めた。

頃合いを見計らってアフタヌーンドレスに着替えた。遺《のこ》されていた前妻の衣装のなかからミセス・ウィザースプーンがダフネに似合いそうなものをより分けて出してくれたので、一番シンプルなデザインのドレスを選んだ。ごく薄い薔薇《ばら》色のシャンタン生地で、胸から喉元までは白いレースで覆われている。

「こちらは帽子をかぶればお出かけにもなれますよ。前の奥様はほとんどお召しになりませんでした。髪の色に合わないと仰《おつしや》って」

「……どんなお髪《ぐし》だったの？」

「非常に明るい赤毛でございました。まるで燃えているような」

「では濃い色のほうがお似合いだったでしょうね」

「さようでございますね。黒と赤の組み合わせが一番お好きでした。濃い青や、鮮やかなグリーンなども」

どうやら派手好みのひとだったらしい。ダフネとは正反対と言ってよさそうだ。

「こちらはたまには気分を変えてみようかと作らせたのですが、やはり似合わないと。確か、試着だけでしまい込まれたと思います」

ミセス・ウィザースプーンはドレスをダフネに着付け、にっこりした。

「お嬢様にはたいそうお似合いでございます。黒髪で色白で、ほっそりしていらっしゃいますから、淡い色が映えますね。――ああ、でもやっぱり丈が少し足りないわ。裾をほどいて出さないとだめね」

家政婦は思案顔で呟いた。ダフネはかなり背が高く、小柄なプリシラのお下がりのドレスはどれもギリギリまで裾出しして着ていたが、このドレスはプリシラのものよりは丈が長かった。ダフネより低いがプリシラよりは背が高かったわけだ。

そして、燃えるような赤毛。胴回りはだいたい同じくらい。ぼんやりと、ダフネは前妻の立ち姿を思い浮かべた。顔は空白だが、何となくイメージはできた。きっと、堂々として華やかな雰囲気のひとだったに違いない。

（……やっぱりわたしとは正反対だわ）

そういう彼女を愛したフレドリックが、どうしてまるでタイプの違うダフネを気に入ったのだろう。考えるほどにわからなくなる。

「すぐにお直しいたします」

いったんドレスを脱がせ、ミセス・ウィザースプーンは裁縫の得意なメイドを呼んできてさっそく裾直しに取りかかった。その間に髪を整えてもらい、午後の訪問時間までには余裕で間に合った。

これでいいかどうかフレドリックに見てもらおうと書斎に行くと、机で何か書き物をしていた彼は目を瞠ってまじまじとダフネを見つめた。

「あ、あの、どこかおかしいでしょうか……」

フレドリックは目が覚めたようにハッとすると急いで立ち上がり、ダフネに歩み寄った。

「いや、あまりに美しくて見とれてしまった」

彼は顔を赤らめるダフネの手を取って、うやうやしくくちづけた。

「とてもよく似合っている。朝のドレスも素敵だったが……。これもうちにあったのかい？」

「あ、はい……」

「ふぅん？　見た覚え全然ないな」

「あの、お召しになったことはないそうです。気に入らなかったみたいで……」

「そうか。前の妻のものはすべて処分させるが、未使用品で気に入ったものがあれば好きに使ってかまわないよ」

「はい。あの、このドレスはとても素敵なので……、いただいてもよろしいでしょうか」

「もちろん」

フレドリックは微笑んでダフネを抱き寄せた。優しく唇が重なり、ダフネは陶然と彼に身をゆだねた。彼は唇を合わせながら甘く囁いた。

「もっとドレスを作らせよう。朝と午後のドレス、外出着に夜会服、茶会服《ティーガウン》も」

「そ、そんなに？」

「すぐに使わなくても用意しておくに越したことはないさ。必要になったとき慌てなくてすむ。

正直、僕はよくわからないから、キャロラインに相談するといい」

「はい……」

気後れ気味に頷くダフネの頬を、フレドリックはそっと撫でた。

「そんな臆した顔しないで。きみは伯爵夫人になるんだ。これくらい当然だよ」

伯爵夫人と聞いてダフネはますます萎縮してしまった。

「本当にわたしでいいんでしょうか。わたしに務まるかしら……」

「きみなら大丈夫さ。それに、きみも知ってのとおり、僕は社交があまり好きじゃない。必要最低限の義務さえ果たせばいいと思ってる。きみと一緒にできるだけ静かに暮らしたい。たまには気晴らしにパーティーに出るのもいいかもしれないけどね」

おどけた口ぶりにダフネは微笑んだ。

「わたしも、そのほうがいいわ」

「きみにはよく似合うドレスを着て、いつも綺麗にしていてほしい。でも、綺麗にしすぎてはいけないよ。他の男に目をつけられては困るからね」

「そ、そんな」

ほんのりと羞恥に染まる首筋に、フレドリックはそっと唇を落とした。

「……きみは自分の魅力をわかってない。ずっとわからずにいればいいと願ってしまうのは、独占欲が過ぎるかな」

「わたし……あなたにとって魅力的なら、それでいいわ」

ドキドキしながら呟くと、彼はかすかに眉根を寄せてダフネの瞳を覗《のぞ》き込《こ》んだ。

「何故だろう。こうしてきみが僕の腕のなかにいても、すり抜けていってしまいそうで怖くなる。きみを抱いたことで、却《かえ》って遠ざけてしまったみたいだ」

「そんなことないわ。わたしはあなたのものよ。ずっと側にいるわ」

ダフネは彼の背中に腕を回し、なだめるようにそっとさすった。フレドリックはかすかに呻き、ぎゅっとダフネを抱きしめた。

「ン……」

性急に唇を吸われてダフネは胸を喘がせた。舌を誘い出され、熟れた果肉をしゃぶるように舐め啜《すす》られて、ぞくぞくと肌が粟立《あわだ》つ。羞恥と愉悦に瞳を潤ませるダフネの様子にフレドリックは目を細めた。

こういう表情の彼はおそろしく官能的だ。いつも少し冷たく感じられるくらいに端然としているから、余計に魅入られてしまう。

脚のあわいが刺すように痛くなって、ダフネはうろたえた。今はもうそれが快感の前触れだとわかっている。蜜壺が疼き、花襞がじんわりと潤んでくる。自分がはしたなく欲情していることに気付いてダフネは焦った。

「あ、あの、わたし部屋に戻ります」

「だめだ」

急いで身をひるがえしたが、後ろから抱き留められてしまう。押しつけられた腰から彼の猛りが伝わって、ダフネはますます狼狽《ろうばい》した。

「……ッ」

「きみは僕のものなんだろう?」

誘惑の声音に震えながら頷く。彼の唇が首筋を上から下へたどり、今度は舌で逆に舐め上げられた。レース越しでも淫靡な感触にぞくぞくしてしまい、びくっと背をしならせる。

「ひあッ……」

「きみは清楚《せいそ》な格好をしていても、どういうわけか刺激的で困るな」

「あ……、そ、んな……ッ。ひっ」

身体を机に押しつけられ、ぐいと腰を引かれる。反射的に天板に手をつくと、ペチコートごとドレスの裾を大きくめくり上げられた。躊躇なくドロワーズを引き下ろされ、剥き出しになった白い臀部《でんぶ》を、彼は両手でぐっと掴んだ。

「……昨夜はすまなかったね。つらかったろう」

尻朶をやわやわと揉みながらフレドリックが囁く。ダフネは真っ赤になってぷるぷると首を振った。

「ゃ……、誰か、来たら……っ」

「許可なく入ってくる者はいない。ずかずか押し入ってくるとしたらキャロラインくらいだろうね」

「……ッ、や……!」

「見られたところでかまわないさ。僕らを焚《た》きつけたのは彼女なんだから。かえって安心するかもしれないよ？」

フレドリックは含み笑い、おもむろに跪《ひざまず》いた。同時に秘処にぬるりと温かな刺激が走る。

「ひぁッ⁉」

ぎょっとして振り向くと、床に片膝をついたフレドリックが秘処に舌を這わせていた。

「んやッ、だめぇ！　――ッきゃぅン」

媚蕾を舐め上げられ、ダフネは小犬のように鳴いて背をしならせた。ちゅるりと蜜を吸ってフレドリックが淫靡に囁く。

「傷ついてないか、きちんと調べておかないとね。きみは大切なひとだから」

「あ……！　だ、大丈夫、です……ッ、ン！　んく……ッ」

がくがくと震えながら、せめてあさましい声を封じようとダフネは拳を口許《くちもと》に押し当てた。

（……あぁ、し、舌、が……、なか、に……っ）

蜜を誘い出そうとするかのように、舌が隘路に突き込まれる。にちゅにちゅと淫らな音をたてて舌が前後し、時折じゅるっと啜《すす》り上《あ》げられる。死ぬほど恥ずかしいのに、身体は快楽に屈して小刻みに腰が揺れてしまう。

（こ、こんな場所を……舐める、なんて……っ）

端麗な顔だちのフレドリックがこのような淫らなことを、昼日中の書斎で仕掛けてくるなんて信じられない。呆然《ぼうぜん》としながらも、刺激された媚壁は愉悦の蜜をとめどなく滴らせる。

「ぅ……、んぅ……あっ、あぁん、あっ……、だ、だめ、も……ッ」

ぎゅっと机の端を握りしめ、ダフネは達した。ビクビクと痙攣する蜜襞を、フレドリックの舌が丹念に舐める。彼は立ち上がると、ダフネに覆い被さるようにして耳元で甘く囁いた。

「可愛いよ、ダフネ。さぁ、もう少しお尻を突き出して、脚を開いてごらん。できるね？」

「ん……」

ダフネはとろんと瞳を潤ませて、言われるままに前かがみになった。臀部を突き出しながらおずおずと脚を広げる。己がどんな淫らな格好をしているのか、恥ずかしくて思い描くこともできない。

「いい子だ」

甘く囁いて、フレドリックは優しくダフネの尻朶を撫でた。衣擦《きぬず》れの音がして、ヒクついている蜜口に剛直が押し当てられる。

濡れ溝を何度か前後させて太棹《ふとざお》に蜜をまといつかせると、彼はぐっと腰を押し進めた。わずかな抵抗を圧して、ぐちゅんと怒張が隘路を満たす。腹底がカーッと熱くなった。

「あぁん……！」

ダフネはぞくぞくと背をしならせて喘いだ。こんな無体なことをされているというのに、心地よさに意識が飛びそうだ。昨夜拓《ひら》かれたばかりの蜜壺は早くも快楽を欲して淫らにうごめいている。

ゆっくりとフレドリックが腰を揺らし始めた。ダフネは潤んだ睫毛《まつげ》をぎゅっと閉じ合わせ、必死に声を抑えようとした。それでも甘えるような嬌声《きょうせい》が吐息混じりに洩れてしまうのは防《ふせ》げない。フレドリックはダフネの柔襞を突き上げながら、くすぐるように喉元を撫でた。

「いいよ、ダフネ。とてもいい……。きみのなかは熱く、柔らかく……、襞が吸いついてくる。こんな清純な顔をしてるのに、ここはこんなにも淫らだなんて……。僕はきみに溺れてしまいそうだよ」

フレドリックの囁きに陶然となって、ダフネは自ら腰を振った。彼を溺れさせたい。彼を悦《よろこ》ばせられるなら、彼が求めるなら、どんな淫らなことでもしてあげる。

怒張した熱杭で媚壁を穿《うが》たれる快感に酔っていたダフネは、ふいに響いたノックの音で我に返った。途端に跳んでいた理性が戻ってくる。カーッと顔が熱くなり、逆に背中には冷や汗が浮いた。

「……なんだ？」

リズミカルにダフネを突き上げながら、フレドリックは平然と問うた。ドアの向こうから執事の慇懃《いんぎん》な声が返ってくる。

「グリーンバリー子爵夫人がお越しになりました」

フレドリックは軽く舌打ちをした。

「やけに早いな……。——お茶をお出しして、しばらく待ってもらえ。ミス・ハウエルズはまだ支度中だ」

「かしこまりました」

ふたたび慇懃な声がして、執事は立ち去った。ホッと息をついたダフネは、次の瞬間ずちゅりと奥処に男根を突きたてられ、甲高い嬌声を上げた。

「あぁッん……！」

くすりとフレドリックが笑う。

「今の、聞こえたかもしれないね」

「ぁ……、ひど……ぃわ……」

「僕らの邪魔をするキャロラインが悪い」

密着した腰を小刻みに揺らされ、快感に翻弄されながらダフネは震える唇を噛《か》みしめた。フレドリックがなだめるように頬を撫でる。

「あ……、はぁ……、ぁむ」

喘いだ口に指が滑り込み、ダフネは潤んだ瞳を見開いた。

「だめだよ、可愛い唇が切れてしまう。声を殺したいなら僕の指を噛みなさい」

指を差し込まれたまま、ふるふるとダフネは首を振った。すらりと典雅な彼の指を噛むなんてできない。だがフレドリックは指を抜こうとはしなかった。

指を噛むまいと、おずおずと舌を絡めた。ちゅぷ、と唾液が鳴って目元が赤らむ。交接しながら指を舐めさせられるのは、ひどく背徳的な行為に思えた。

「んぅ……、んッ……」

喘ぎながらダフネは彼の指を舐め、繋がった腰を振りたくった。羞恥と昂奮《こうふん》とで涙がこぼれる。フレドリックはダフネを背後から抱きしめ、首筋に顔を埋めて激しく腰を打ちつけた。繰り返すうちに欲望が弾け、痙攣する襞のあわいに熱い飛沫がどくどくと注がれた。

ようやく指が口から抜かれる。下腹部を大きく波うたせ、力なくダフネは喘いだ。フレドリックは背後からぴったりと密着したまま、痙攣する腹部を褒めるように優しく撫でた。

「……素晴らしいよ、ダフネ」

囁いて、濡れた唇を吸う。甘やかすように何度も唇をついばみ、彼はようやく身体を離した。手早く身なりを整え、ダフネの着衣も直してくれる。長椅子にそっとダフネを座らせ、恍惚に潤んだ瞳を愛しそうに見つめながらフレドリックは優しく頬を撫でた。

「……大丈夫かい？　キャロラインには帰ってもらおうか」

「だ、大丈夫です」

急いでダフネは身を起こした。余裕で微笑《ほほえ》む彼が恨めしくなって、ちょっと睨む。

「ひどいわ……。お客様が来るってわかってたのに」

「すまないね。きみがあまりに愛らしくて、食べてしまいたくなった」

赤くなるダフネの耳元でフレドリックは甘い声音で囁いた。

「本音を言うと、このまま寝室に連れ込みたいくらいなんだ」

「……ッ」

「しかしキャロラインをあまり待たせると後が怖い」

彼は困惑するダフネの額に上機嫌にキスを落とした。

第五章　Rainy Blue ～方舟《はこぶね》に、ふたり～

連れ立って応接間に入っていくと、苛々《いらいら》した様子でお茶を飲んでいたキャロラインがパッと破顔して立ち上がった。

「ああ、よかった、無事なのね。聞いたわよ、犬をけしかけられたそうじゃないの！」

走り寄った彼女にぎゅうと抱きしめられ、ダフネは目を白黒させた。

「い、いいえ、けしかけられたわけでは……。走ってるわたしを見て、本能的に追いかけただけだと思います」

「でも怖かったでしょう⁉　本当にケガはない？」

「はい、大丈夫です」

しっかり頷《うなず》いてみせると彼女はようやく安堵《あんど》して、ダフネと並んで長椅子に腰を下ろした。

「――それで？　当然、話はまとまったんでしょうね」

キャロラインは白いマントルピースに軽くもたれて佇《たたず》んでいるフレドリックを横目でじろりと睨《にら》んだ。彼は煩わしげに眉根を寄せ、ぶっきらぼうに答えた。

「特別結婚許可証を手配した。届き次第手続きを済ませて新婚旅行に行く」

「えっ……」

驚くダフネの顔を、フレドリックは気まずそうに見やった。

「さっきその話をするつもりだったんだが……、キャロラインが押しかけてきたから」

「まぁ、失礼ね！　わたくし、午後に訪問するって朝のうちにちゃんと伝えたわよ」

「もう少しゆっくり来てくれてよかったんだ」

ダフネは頬が熱くなり、フレドリックから慌てて目を逸らした。淫戯にふけっていたせいで、肝心な話をしそびれてしまったのだ。赤面しているダフネと、憮然《ぶぜん》とそっぽを向いているフレドリックを見比べて、キャロラインは眉を吊《つ》り上《あ》げた。

「まさか、あなたたち――」

途中で言葉を切り、思いっきり肩をすくめると、彼女はこめかみを押さえて嘆息した。

「――そういえば、あなたって優柔不断なようでいて動き出した途端に暴走するタイプだったわね、フレッド」

「暴走などしていない。慎重に判断し、素早く行動せよというのがうちの家訓なんだ」

「開き直らないでよ。――ねぇ、まさか無理やり奪われちゃったんじゃないでしょうね？」

「え!?　ち、違います！　あの、わたし、その……っ」

赤くなったり青くなったりするダフネをキャロラインは気の毒そうに見やった。

「こんなひととは思わなかった、幻滅だわって言うなら、わたくしはあなたの味方よ？」

「げ、幻滅なんてしてませんっ」

「本当？」

「本当です！」

「ならいいけど」

非難がましく睨まれ、フレドリックはしかつめらしい顔で咳払《せきばら》いをした。

「レディ・グリーンバリー。至急ミス・ハウエルズの衣装を揃えたいので、相談に乗っていただけると大変助かるのだが。申し訳ないが、僕は急ぎの手紙をいくつか書かねばならないので、これで失礼する」

一礼してさっさと部屋を出ていく彼を見送って、キャロラインは呆《あき》れ顔《がお》になった。

「逃げたわね。まったく、あの鉄壁の無表情と来たら。そういうところはまさに貴族的よね」

「あ、あの……」

「あら、まぁ、そんな泣きそうな顔しないで。万事わたくしがいいように整えてあげる。大船に乗った気でいてちょうだい。——そうだわ、念のため訊くけど、彼、ちゃんとプロポーズしたんでしょうね？」

心配そうに問われてダフネは頬を染めた。

「は、はい……。結婚してほしいって……言ってくださいました」

「よかった！　なし崩し的に既成事実を作ってうやむやにされたんじゃ、たまらないもの」

キャロラインは両手で頬を挟んでにっこりした。

「ふふっ。思ったとおり、案ずるより産むが易《やす》かったわね！　跡取り息子として厳しく躾《しつ》けられたから滅多《めった》に感情を表に出さないけど、フレッドはけっして無情なひとじゃないのよ。あれでけっこう優しいの」

「わかってます。わたしを助けてくださったばかりか、妻に迎えてくださるんですもの……」

「別にそんな、へりくだることないじゃない。好き合って結婚するだから、もっと堂々としてなさいよ」

困ったように微笑むダフネを見て、キャロラインはちょっと焦り顔になった。

「ねぇ、まさかとは思うけど、フレッドがお情けで結婚するなんて思ってないでしょうね」

「……お情け、とまでは思いませんけど……」

「までは、って……。じゃあどうしてあなたに求婚したと思ってるの？　まさか、処女を奪った責任を取ったとか思ってるわけ？」

ずけずけ言われてダフネは赤面した。

「い、いえ！　ちゃんとその前にプロポーズしてくださいました」

「ずっと気持ちを抑えてた反動で舞い上がっちゃったのね。無理やりじゃなければ別にいいと思うわ」

「はぁ……」

「それとも、彼はあなたに性的魅力を感じていて、独占するために結婚したとでも？」

とても視線を合わせていられず、口許を押さえて赤らんだ顔をそむける。キャロラインは目を丸くしてダフネを見つめ、深々と嘆息した。

「やっぱり一周回って斜め上に行ったわね」

「……？」

「彼、あなたに好きだって言わなかったの？　愛してるって」

一瞬詰まったが、こくんと頷く。キャロラインは苛立《いらだ》たしげに重ねた。

「じゃあ何て言ったの」

「ずっと側にいてほしいって……。わたしと一緒にいると心が安らぐ、と」

「何それ。好きだって一言言えば済むじゃない。何をもったいぶってるのかしら」

ぷりぷりするキャロラインに、ダフネは力ない笑みを浮かべた。

「仕方ありませんわ。あの方が愛しているのは前の奥様だけですもの」

キャロラインは完全に意表を突かれた顔になった。

「――――は？　モイラのこと？」

モイラ。それが前妻《かのじょ》の名前……。燃えるような赤毛の、わたしとはまるで違う、華やかなひと。

キャロラインは眉根を寄せ、困惑顔で呟いた。

「そりゃ、あんな死に方をされたら引きずっても仕方ないとは思うけど……。だけどねぇ」

「いいんです！」

押しかぶせるように声を張ると、キャロラインはたじろいだ。ダフネは震える指をきゅっと握り込んで呟いた。

「……あのひとはわたしを愛しているわけじゃない……。でも、結婚してもいいくらいには、好きでいてくれる。それで充分ですわ」

キャロラインは眉間に深いしわを刻んで、はぁっと溜息《ためいき》をついた。

「二周回って斜め上だわね。まったく、なんてややこしい人たちなの。とてもわたくしには解きほぐせそうにないわ。――でもねぇ、ダフネ。本当にそれで充分なの？」

ダフネは込み上げそうになるものを必死に抑えた。

「だって……、それ以上は望めませんもの。欲張りすぎれば、きっと全部失ってしまう。わたしを正式な妻にして、側に置いてくれると言うのだから、それで充分です」

「……愛されていなくても？」

穏やかな声音にずきりと胸が痛む。それでもダフネは頷いた。

「わたしはあのひとを愛していますから……。それに、あのひとはわたしに側にいてほしいと言ってくれました。ずっと側にいてほしいと。だからわたし、そうしようと思います。わたし、あのひとの側にいられればそれで幸せなんです」

キャロラインは目を潤ませ、ひしとダフネを抱きしめた。

「もうっ、フレッドみたいな唐変木にはもったいなさすぎるわよ！」

「……わたし、ずるいですよね」

「何言ってるの！　ずるいのは向こうのほうよ。あんな男、いっそ馬にでも蹴られりゃいいんだわ。そうしたら少しは目が覚めるかもしれない」

キャロラインはダフネの手をぎゅっと握りしめた。

「そうだわ。服を揃えるんだったわね。素敵なドレスをたくさん作りましょう。何としてもあの尊大な馬鹿男をあなたの足下にひれ伏させてやるんだからっ」

「え⁉　あ、あの……っ」

「ところでそのドレスはあなたの？」

「いえ、前の奥様の――」

「まぁっ、初々しい婚約者に前妻の服を着せるなんてデリカシーがないにもほどがあるわ！」

「こ、これはほとんど着てなかったそうなんです。ミセス・ウィザースプーンが、わたしに似合うんじゃないかと選んでくれて……」

「あら、そうなの？　それじゃ、どんなものが残ってるのか点検しておこうかしら」

キャロラインは家政婦を呼びつけると、残っている前妻の衣装を全部出すよう命じた。そしてそれらを一室に集めさせ、真剣に品定めを始めたのだった。


コンコン、と書斎のドアが鳴り、執事か従者だろうと思ったフレドリックは書きかけの手紙に視線を落としたまま「入れ」と応じた。

「――わたくし、あなたを蹴飛ばしたいわ」

いきなり尖《とが》った女の声が聞こえて眉根を寄せる。顔を上げるとキャロラインが腹に据えかねるといった面持ちでこちらを睨んでいた。フレドリックは憮然としてペンを置いた。

「……解せないな。あなたがけしかけたとおりダフネと結婚することにしたじゃないか」

「まぁ、なんて言いぐさかしら。一生後悔する羽目になるのを防いであげたのよ？」

フレドリックは肩をすくめた。

「ああ、感謝していますとも」

「ぬけぬけと！　まさか式を挙げる前に手出しするとは思わなかったわ。逃げられないよう首根っこを押さえたつもり？　まるでケダモノね」

「……無理強いはしていない」

「惚《ほ》れた弱みに付け込んどいてよく言うわ。あなたのそういう妙に用意周到なところ、わたくし嫌いよ」

「あなたのそういうずけずけとした物言いは、やはり好きになれないな」

「あら、お互いさまだこと」

フン！　とキャロラインは荒っぽく鼻息をついた。

「そういう気取った婉曲《えんきょく》表現なんか使うから話がややこしくなるのよ。あの娘、とんでもない誤解をしてるわ。そりゃもうびっくりするくらいアクロバティックにね！」

「何を言ってるのかさっぱりわからん」

むすっとしながらもフレドリックの瞳にかすかな不安が浮かぶ。それを見て取って、キャロラインはにやりとした。

「知りたい？」

「誤解は速やかに解くべきだ」

「……あなたって本当に学習能力ないわね。ふーんだ、教えてあげない」

唖然《あぜん》とするフレドリックを流し目で見やり、キャロラインは意地悪くも楽しげに哄笑《こうしょう》した。

「ホホホホホ！　乙女心を弄んだ罰よ」

「弄んでなどいない！」

「じゃあ、踏みにじった罰。ともかくダフネをないがしろにしたら、わたくし許さなくてよ。せいぜいあの娘の純情に見合う男になることね」

挑発するように言い放ち、キャロラインはさっと踵《きびす》を返した。

「――あ、そうだわ。これからダフネと買い物してくるから。モイラの衣装、ざっと見たけどあの娘に似合うものはほとんどなかったわ。ま、タイプが全然違うから当然ね。戻るまでに処分しておいてちょうだい」

女王然として言い放ち、フレドリックが言い返す前に彼女はさっと身を翻した。フレドリックは額を押さえて呻《うめ》いた。

「……何なんだ、いったい」

キャロラインの馬車でふたりが出て行くと、家政婦が確認しにやってきた。レディ・グリーンバリーの指示どおりにするよう命じ、改めて手紙に取りかかったものの、ダフネが何を誤解しているのか気になってなかなかペンが進まなかった。

婚約者を『攫《さら》われた』ハミルトン氏がねじ込んでくるのではないかとダフネはひやひやしていたが、そんなこともなく、むしろ驚くほどスムーズに事は運んだ。詳しくは話してくれないが、フレドリックがいわゆる『金と権力』を使って抗議を押さえ込んだのはまちがいない。

彼はその気になればいくらでも特権を振りかざせる身分なのだ。ハミルトンとしても迂闊《うかつ》に貴族の不興をかえば商売にも社交生活にも支障を来すのはわかっている。不承不承でも引き下がるしかないだろう。

だが、フレドリックはそういう手段で事態を収めたことを知られたくないらしい。いつか洩らしたように、ダフネを金銭ずくでものにしたと思われたくないのだ。

もちろんそんなふうに思うわけないが、あえて問いたださず、ただ素直に『あなたと結婚できて本当に嬉しい』と伝えた。照れたように微笑むフレドリックを見ると、ますます彼が愛しくなって胸が疼いた。

特別結婚許可証も近日中に取得できる目処《めど》が立ち、日常生活や社交に必要な衣装も揃《そろ》った。以前、キャロラインが手配してくれた嫁入支度《トルソー》も、フレドリックの町屋敷《タウンハウス》に無事運び込まれた。キャロラインは用心して嫁入支度《トルソー》をハミルトン氏の屋敷へは運ばせず、買い上げた店で保管させていたのだ。

親戚でもない彼女に費用を負担してもらうのは申し訳ないが、親の遺産は叔父に食いつぶされてしまった。これもフレドリックが調べてくれたのだが、実はダフネには相当な額の遺産があった。それを叔父たちは養育費の名目で好き勝手に使い込んだのだ。正当な相続人であるダフネには『親の借金を返してやった』とでたらめを信じ込ませて。

家だけはどうにか取り戻せたが、債権を買い取ったのはフレドリックだ。名義はダフネに戻ったとはいえ勝手に処分するわけにはいかない。悩んでいるとキャロラインからは嫁入支度《トルソー》にかかった費用はフレドリックから全額返してもらったから気にしないでと言われ、さらに申し訳なくなった。

おそるおそるフレドリックに詫《わ》びと礼を言うと、金のことなど気にしなくていいと、ぴしゃりと言われてしまった。怖《お》じ気《け》づいて身をすくめるダフネを見て、すぐに彼は後悔した表情になって「おいで」と優しく手をさしのべた。

おずおずと手を取ると、抱き寄せられ額にキスされた。

「すまない。ハミルトンのように、きみを金で贖《あがな》ったように思われたくなかったんだ」

「そんな……。ただ、何から何までしていただく一方で、申し訳なくて」

「無理はしてないよ。きみが喜んでくれればそれでいいんだ。費用は気にしないで」

「はい……。あの、嬉しいです……」

フレドリックは微笑んでダフネにくちづけた。

「結婚の手続きが済んだらすぐに新婚旅行だ。パリにちょっと寄って、イタリアへ行こう。フイレンツェ、ミラノ、ローマ。それからヴェネツィアでゴンドラに乗ろう。どうかな？」

「素敵。楽しみだわ」

フレドリックの胸にもたれてダフネはうっとりと頷いた。その背を優しく撫《な》でていたフレドリックが、ためらいがちに尋ねる。

「ダフネ。きみ……、何か誤解してないだろうね？」

「誤解……？」

「いや、してないならいいんだが」

「あの、お金のことでしょうか」

「ああ……、いや……」

どっちともつかない顔で曖昧にフレドリックは頷いた。

「わたし、お金で買われたなんて思ってません」

「ならいい。きみは僕にとって一番大切なひとだ。変な遠慮はしなくていいんだよ」

真摯な声音に胸が熱くなった。『愛』という言葉はなくても、それは愛の告白と同義に思える。ダフネはぎゅっと彼を抱きしめた。

「……わたしもあなたが一番大事。あなたが好きなの。大好きよ、フレッド」

「可愛いダフネ」

ひっそりと彼は囁いて背中を撫でた。同じ言葉が返ってこなくても、抱きしめる腕の力強さやぬくもりから、彼がダフネを本当に大切に想っていてくれることが伝わってくる。

（これで充分だわ。わたしは彼を愛してる。彼はわたしを大切にしてくれる。それ以上、何を望むと言うの……？）

ダフネは顔を上げ、初めて自分から彼にくちづけた。一瞬驚いた顔をしたフレドリックは、くすりと笑って唇を重ねてきた。甘い吐息が絡み合い、落ち着いた青磁色の瞳に妖美な灯が点《とも》る。彼の澄んだ瞳がとろりとした翳をおびる瞬間は、たまらなくドキドキする。まるで冷たく輝く宝石が、かぐわしい生きた花に変じるかのよう……。

彼はダフネの唇をついばみながらからかうように囁いた。

「いけないお嬢さんだ」

「わたし、もう子供じゃないわ」

「それじゃ甘やかす必要はないのかな？」

「意地悪……」

フレドリックは忍び笑ってダフネをリネンの上に組み敷いた。耳のすぐ下を舌でなぶられ、ぞくぞくと顎を反らす。

「ぁん……っ」

「ダフネ……。僕以外の男を、そんなふうに誘惑してはいけないよ」

「そんなことっ……」

欲しいのはあなただけ。あなたを独占していたいの。わたしを抱いているときだけは、あなたはわたしのものだから……。

半開きになった唇に、フレドリックが魅せられたように吸いつく。

わたしに夢中になって。今この瞬間だけでもあなたの心から『モイラ』を締め出して――。

けっして言葉にできない想《おも》いを込めて、ダフネは狂おしくフレドリックの背を掻《か》き抱《いだ》いた。


特別結婚許可証を取り寄せはしたが、結局教会での式は行わず、戸籍登録所で結婚登録をした。同意はしたものの、やはり寂しい気持ちはぬぐえない。

慎《つつ》ましい性質とはいえ、年頃の娘として白いヴェールにオレンジの花を飾って花嫁になることを夢想しないでもなかった。だが、フレドリックはさっさと法的な手続きを済ませることを望んでおり、ダフネのほうは貴族社会の一員になることに未《いま》だ気後れを感じていたので、式を挙げたいとせがむことができなかった。

話を聞いていたく憤慨したキャロラインが、せめて披露宴くらい開きなさいよとフレドリックに詰め寄るのをダフネは懸命になだめた。そんなことで古くからの友人であるふたりに仲違《なかたが》いしてほしくない。

そんなこともあってキャロラインはますますダフネに甘くなり、それがおもしろくないフレドリックがまたますます溺愛するものだから、張り合うようなふたりの間に挟まれて、ダフネはハラハラしながらひたすら小さくなっていた。

正式な夫婦になったら次は新婚旅行である。フランスからスイスを通ってイタリアへ抜け、帰りは船の予定だ。ロンドンの社交期《シーズン》が終わってから帰国し、コーンウォールの領地へ戻る。

けっこうな長旅で、場面に合わせて着替えなくてはならないためドレスや帽子などの衣服もかなり必要となる。

新婚旅行に出発する前日、様子を見に来たキャロラインと持ち物の点検をしていると、少し足りないものがあった。しばらく会えなくなるし、買い物ついでにお食事しましょうと誘われ、ダフネは彼女の馬車で出かけた。

もともと贅沢《ぜいたく》とは縁遠い生活で、ものを見極める目も育っていないダフネにとってキャロラインは最高のお手本だ。彼女はロンドンの社交界で相当の影響力を持っており、その彼女が可愛がってくれるおかげで、露骨に嘲弄《ちょうろう》されるような事態を免れることもできた。

中流階級出身の貧しい娘がいきなり名門の伯爵夫人となったのだ。おもしろくない人間は大勢いる。むしろキャロラインのように受け入れてくれる人のほうが珍しい。だからといって、フレドリックの社交嫌いをいいことに引きこもっているわけにもいかないだろう。

(やっぱりそれなりの社交術は身につけないといけないわよね。フレドリックのためにも)

荷は重いが、貴族と結婚したからには避けて通れない義務だ。外へ出て人と会えば、品よく微笑しながら痛烈な厭味《いやみ》をぶつけられたり、冷たく嘲られたりすることもしょっちゅうだが、なるべく気にせず受け流すよう努めた。

キャロラインのように鮮やかに切り返すことはできなくても、『きみは僕の妻なのだから堂々としていなさい』というフレドリックの言葉を思い出して平常心を保った。彼はダフネを『一番大切な人』だと言ってくれた。ならばその言葉にふさわしい振る舞いをしなければ。

必要な買い物を済ませた後はキャロラインに付き合って、いくつかの店を見て回った。婦人帽子店でばったり出くわした昔なじみの女友達とキャロラインが話し込んでいる間、ダフネは見るともなしに店内を歩き回った。

とりあえず帽子は揃っているからもう買わなくていいけれど、いろいろなデザインを見て回るのは楽しい。羽飾りをふんだんに使ったゴージャスな帽子や、どこでかぶるのかしら⁉　という奇抜なデザインの帽子に感心していると、後ろから刺々《とげとげ》しい声が聞こえてきた。

「成り上がると目線まで高くなるのかしら。わたしごときは視界にも入らないってわけ？」

振り向くと従姉妹《いとこ》のプリシラが敵意もあらわにダフネを睨んでいた。

「プリシラ。――ごめんなさい、気付かなかったわ。久しぶりね、元気だった？」

「ええ、元気よ。おあいにくさま」

喧嘩腰《けんかごし》に返されてたじろいだが、気を取り直して微笑んだ。

「お買い物？」

「まぁね。でも気に入ったのがないから今日は買わないわ」

そう、と相槌《あいづち》を打つと何故《なぜ》かプリシラは眉を吊り上げた。

「憐れんだように見ないでくれる⁉　お金がなくて買えないわけじゃないんだからっ」

「そんなこと言ってないわ」

「言わなくたってわかるわよ。どうせあたしたちを馬鹿にしてるんでしょ。玉《たま》の輿《こし》に乗ったからっていい気にならないでよね！」

ダフネは困惑して眉を垂れた。そんなこと思いもしなかったのに、変に突っかかってくるから藪蛇《やぶへび》になる。見直すと、確かにプリシラの衣装は少しくたびれているようにも思えた。

「……今はどうしてるの？」

「ハッ、白々しい。あたしたちを追い出しておいて」

憎々しげにプリシラはダフネを睨《にら》み付けた。

ダフネから詐取した屋敷で主人面していた叔父一家は、今は小さな借家に住んでいる。結婚して家を出るのだからこれまでどおり叔父一家を住まわせてあげようと思ったのだが、ダフネを不当に冷遇していた叔父たちに好意を持っていないフレドリックはいい顔をしなかった。名義は自分でも実際に買い戻してくれたのは彼なのだから、その意向は無視できない。

家賃を払って借りるならいいだろうということになったが、破産状態の叔父には提示された額はとても払えなかった。フレドリックが言うには所在地からして適正価格だそうだが……。ダフネを花嫁にしそこねたハミルトン氏は叔父一家を自分の屋敷から叩《たた》き出し、買い上げた債権も一切合切他人に売り飛ばしてしまった。結局叔父は自分の会社を買った人物に頼み込み、平の事務員扱いでどうにか雇ってもらったのだった。

「なによ、自分ばっかり贅沢して……！」

プリシラは顔をゆがめ、ダフネのしゃれた外出着をねたましげにじろじろ見た。物心ついた頃から分不相応に贅沢に育ったプリシラには、つましい生活が我慢ならないのだろう。転落した自分たちをよそに上流階級の仲間入りを果たしたダフネを逆恨みしているのかもしれない。

「よかったら一緒にお茶でもどう？　久しぶりにお話ししましょうよ。もしわたしに何かできることがあれば――」

「けっこうよ！　あんたなんかの施しは受けないわ。ふん、そうやって気取っていられるのも今のうちなんだから。一年も経たないうちにあんたは寂しい墓地で眠ることになるんだわ」

「いつまでそんなでたらめ言ってるのよ……」

「でたらめなんかじゃないわ。シェルフォード伯爵は人殺しよ」

「嘘《うそ》はもうたくさん」

「嘘なもんですか！　あたしはこの耳で、ちゃーんと聞いたんだから。うちで新しく雇ったメイドからね」

フフンとプリシラは勝ち誇ったように顎を反らした。

「そのメイドが直接目撃したとでも言うの？」

「目撃はしてないけど、絶対確実よ。以前勤めていたお屋敷で一緒だったメイド仲間から、うちのメイドが直接聞いたんだから」

（結局、又聞きじゃないの）

ダフネは呆《あき》れたが、プリシラは得意満面に話し続ける。

「そのメイドはね、シェルフォード伯爵の領地屋敷《カントリーハウス》で働いていたメイドと同郷で、彼女から聞いたのよ。あんたが結婚したシェルフォード伯爵は前の奥方を階段から突き落として殺したんだって――」

「──聞き捨てならないわね」

冷ややかな声に振り向くと、キャロラインが侮蔑と怒気の入り交じった瞳でプリシラを睨んでいた。凄味《すごみ》のある微笑を浮かべた口許がかすかに引《ひ》き攣《つ》っている。全身からゆらりと立ち上る激怒の気配にプリシラは血の気を失って縮み上がった。

キャロラインが一歩踏み出すと、硬直していたプリシラはヒッと小さな悲鳴を上げ、脱兎《だっと》のごとく店を飛び出していった。キャロラインは肩をすくめ、ふんと荒っぽい鼻息をついた。

「まったく呆れるわ」

「すみません……」

「あなたが謝ることないわよ。でも、従姉妹なのに見事に似たところがないのね」

「血のつながりはないんです。叔父の亡くなった前妻が、わたしの父方の叔母で。プリシラは叔父が再婚して生まれましたから」

「それにしたってずいぶんな態度だこと」

「昔から何故か嫌われてて……。プリシラは今年社交界デビューして初めのうちはとても機嫌がよかったのに、途中から何故かやたらと突っかかってくるようになったんです」

「ああ、その理由は見当がつくわ」

「……？」

キャロラインはニヤリと口端を吊り上げた。

「あの娘、とある貴族の三男坊に夢中になってたのよね。知らない？」

「あ……」

　そういえば思い当たる節がある。ダフネもダンスに誘われて彼と一度踊った。

「確かに若い娘が夢中になりそうな美男子なんだけど、それだけにつまみ食いが甚だしくてね。目に余るものだから最近はもう招待してないわ。その前にちょっと、たまたまお嬢さんがたの品定めを悪童仲間でしてるのを聞いちゃったのよ。知らないでしょうけど、あなたけっこう目をつけられてたのよ」

「え……⁉」

「でも幸い――と、この際言ってもいいと思うけど――、あなたお金がなかったから。従姉妹よりずーっと美人だし、持参金さえあればなぁ、って残念がられてたわ。プリシラはたぶんそれ聞いちゃったのね」

　ダフネは唖然とした。

「……知りませんでした」

「あの娘は嫉妬して八つ当たりしてただけ。持参金の多寡で選《え》り好《ごの》みしているのがわかった時点で、ろくな男じゃないって幻滅すればよかったのよ。あなたが気に病むことないわ。世の中には踏みつけにする人間がいないとプライドすら保てない人間がいるの。だからといって、いつまでも踏みつけられたまま辛抱しなきゃいけない義理なんてないでしょ？　これからは彼女自身でどうにかするしかないんだから」

「そう……ですね……」

キャロラインは心配そうにダフネを見た。

「……ねぇ、まさかとは思うけど、あの娘が言ったこと、本気にしてたりしないわよね？　フレッドの前妻のこと……」

「え？　ええ、もちろん！　ひどい中傷だわ。——あの、でも、階段から落ちて亡くなったというのは……？」

「それは本当。不幸な事故なのよ。躓《つまず》くか、脚を滑らせるか、どっちだかわからないけど……、とにかく階段から転げ落ちて、首の骨を折ってしまったの」

「どうしてフレッドが殺したなんて話になったのかしら……」

「それがねぇ……、落ちた直後に階段の上に彼がいたらしいのよ。もちろん、物音を聞いて駆けつけたんだわ。そう考えるのがふつうでしょ？」

「ええ、もちろん。フレッドは前の奥様を愛していたんだから……、今でも愛しているくらいなんだから、階段から突き落とすなんて、絶対するはずありません！」

力を込めて言い切ると、何故かキャロラインは困惑したような、気まずそうな顔になった。

「——まぁ、ともかくフレッドは無実よ。まったく腹立たしいことだけど、馬鹿げた噂《うわさ》がこんなに広まっちゃったのは、フレッドに言い寄って手ひどく振られた、とあるご婦人のせいなのよ。それと、恋人を取られたと勝手に思い込んだ男の誹謗《ひぼう》中傷ね。彼、由緒ある貴族で美男子で、さらには大金持ちでしょ？　当然すっごくモテるんだけど、同じくらい、いえ、それ以上に妬《ねた》まれもするのよね。まったく逆恨みって厄介だわ」

「そうだったんですか……」

「彼の社交嫌いはそのせいもあると思うわ。以前はわりと普通に顔出していたんだけど、地位と財産目当てで後妻に収まりたがる女性たちが群がる一方で、妻殺しとか陰でひそひそ囁かれちゃあね。うんざりもするわよね」

「わたし、彼を信じてます」

きっぱりと告げるダフネにキャロラインは嬉しそうに笑った。

「あなたと結婚して彼が幸せに暮らしていれば、悪い噂なんてすぐに消えるわ。だからね、ダフネ。あなたたち、ふたりして幸せにならなきゃだめよ」

「はい……」

ダフネは頬を染めて頷いた。

「さ、お茶を飲みにいきましょう」

頷いて、ダフネはキャロラインと腕を組んで店を出た。


新婚旅行は夢のようだった。ふたりきりで——もちろん執事を始め数人の使用人は同行していたが——異国の風物を見て回るのは本当に楽しかった。パリではルーブル美術館へ行き、万国博に合わせて作られたエッフェル塔に昇った。それからスイスで美しい山並みを眺め、イタリア側へ下りて花の都フィレンツェ、永遠の都ローマ、そして水都ヴェネツィアをめぐった。

あまりに幸せすぎて怖いくらいだった。まだ夢を見ているのではないかと思うことも時々ある。彼と初めて出会った夜からずっと幸せな夢を見続けているのではないかと……。

フレドリックはロンドンにいるときよりもずっとくつろいだ表情で、幸福そうに見えた。ダフネを優しくエスコートし、困惑するほど甘やかしてくれた。

彼と睦《むつ》み合うひとときは至福そのものだ。全身を掌《てのひら》や指先、唇と舌まで使ってくまなく愛撫された。ときに甘く、ときに激しく貫かれて恍惚《こうこつ》に酔いしれた。

雨で外出できない日には、ほとんど一日中ベッドで過ごすこともあった。睦み合い、うとうととまどろみ、目が覚めるとまた身体を繋げた。いつもとろ火のように欲望が燃えていて、彼に触れられた途端、いともたやすく官能を掻《か》き立《た》てられてしまう。

「……やっぱり夢を見ているような気がするの」

ダフネはフレドリックの胸にもたれて呟《つぶや》いた。ヴェネツィアのホテルで過ごす最後の日。こぬか雨がしとしとと降り注いで、窓ガラスを水滴が伝わってゆく。ダフネの裸身をゆったりと抱いて、フレドリックはくすりと笑った。

「僕のことも夢にしてしまうつもりかい？」

「あなたと一緒に夢に埋もれてしまいたいわ……」

フレドリックは温かな掌でゆっくりとダフネの背を撫でた。

「……可愛いダフネ」

彼は囁いて唇を吸った。絡めた舌を焦らすようにゆるゆると擦り合わせ、甘く食《は》みながら吸いねぶる。ダフネはぞくぞくして瞳を潤ませた。舌の付け根から唾液がじゅわりとあふれ、同時に過敏になった蜜襞まで淫らに疼いてしまう。

「ん……」

濡れた睫毛を閉じ合わせ、ダフネは彼の腰に脚を回した。腿《もも》にあたるぬめった肉楔が頭をもたげる感触に胸を喘がせ、彼の上に馬乗りになる。ちゅぷちゅぷと舌を鳴らしながら互いの唇を吸っているうちに媚壁がひくひくと戦慄《わなな》き、ダフネは涙ぐみながら背をしならせた。

「ふ……っあ……、ぁ……、ん……ッ……！」

「……達してしまったのかい、ダフネ」

笑み混じりに問われ、ダフネは胸を喘がせながらこくんと頷いた。フレドリックは目を細めてダフネの頬をそっと撫でた。

「キスだけで達してしまうとは、きみはすごく敏感だね。なんて可愛いんだろう」

羞恥に顔を赤らめるダフネを満足そうに見上げ、フレドリックはたゆんと揺れる乳房を弄《いじ》り始めた。

「綺麗だよ、ダフネ。きみはまるでニンフのように美しく……、そして淫らだ」

指先で乳首をくりくりと転がされ、ダフネは震える吐息を洩らした。

「わたし……、おかしい……？」

「何故？」

「だって……、こんなに感じちゃうなんて……変でしょう？」

「ちっともおかしくなんかないさ。僕が相手なら、いくらでも淫らになっていいんだよ。キスされただけで恍惚に悶えるきみには、たまらなくぞくぞくする……。いっそ僕に触れられただけで達してしまうよう可愛く躾けてあげたいくらいだ」

きゅっ、と乳房を絞られ、ダフネは小さな媚鳴《びめい》を洩らした。

「ぁん……っ」

「さぁ、ダフネ。次はどうするか……、わかるね？」

ダフネはこくりと頷き、半ば勃ち上がった彼の肉槍にそっと触れた。優しく握り込んで扱きながら、根元の袋をやわやわと揉《も》みしだく。フレドリックは心地よさそうに溜息をついた。

「ああ……、素敵だよ、ダフネ」

ダフネは身をかがめ、彼の剛直に唇を寄せた。濡れた丸い先端にチュッとくちづけ、小さく舌を出して淫涙を舐めとる。添えた手で棹を扱きながら雁首を口に含み、舌をくぐらせて懸命に吸ったり舐《な》め回《まわ》したりした。

こんな行為は恥ずかしくてならないけれど、彼が悦び、感じているのが舌先から伝わってくるのが嬉《うれ》しい。もっと悦ばせたくて、ダフネは舌を鳴らして逞《たくま》しい雄茎を舐めしゃぶった。

「ん……ッ、む……ん」

鼻声で喘ぎながら舐《な》め回《まわ》すうちにどんどん肉杭は固く、大きくふくらんでゆく。それにつれてダフネの昂奮も高まり、蜜があふれて内腿《うちもも》をしとどに濡らした。

「上手だよ、とても気持ちいい……」

フレドリックが官能的に呻く。ダフネは目を上げて彼を見た。情欲を湛《たた》えてとろりと光る瞳の妖艶さに、ぞくんと媚壁が戦慄《わなな》いた。がまんできなくなって身を起こすと、ダフネは彼の屹《きっ》立《りつ》を蜜口に誘った。

「ぁふッ……！」

ぬるん、と剛直を呑み込んだ愉悦で軽く意識が跳びそうになる。フレドリックはダフネの腰を掴み、そそのかすように二、三度軽く突き上げた。

「あンっ、やっ……ぁ、あぁん、だめぇ……ッ」

濡れそぼった柔襞をぐりぐりと擦られてダフネは頼りない悲鳴を上げた。フレドリックは喉を鳴らして含み笑った。

「きみのなかはいつも熱いな……。そして、やわらかく僕を包み込んでくれる。たまらないよ、ダフネ……。わかるかい？　僕はもうきみなしでは生きられない」

「ぁ……、うれし……ッ」

ダフネは腰を振りたくりながら瞳を潤ませた。

「わたし、も……、あなたなしでは……いられないの……。ぁッん……、フレッド……、気持ちいいわ……。もっと欲しい……。もっと、あなたが……欲しいの……っ」

「いい子だ。さぁ、きみの悦いように動いてごらん。そして余すところなくきみの淫らな花を見せておくれ」

ダフネはフレドリックに跨《また》がって腰を振り立てた。次々に愉悦の波が迫り、鎖骨の間に頤《おとがい》を埋めるようにして悶える。ぬぢゅぬぢゅと性器が擦れ合い、熱い淫蜜が滴り落ちる。

「っく……、ダフネ……っ」

フレドリックが苦しげに呻く。

「ぁん……、フレッド……。すごいわ……。奥処《おく》……ッ、当たっ、て……！」

「あぁ、ダフネ……！　溶けてなくなりそうだ」

フレドリックは歯ぎしりするように唸ると、肘をついて身を起こした。そして噛みつくようにダフネにくちづけるとそのままリネンに押し倒し、激しく腰を打ちつけた。ぱちゅぱちゅと淫靡《いんび》な水音が結合部からひっきりなしに上がる。

「んぁッ、あぁん！　ひぁっ、あっ、あっ、はぅッ……」

悦楽に翻弄され、唇からとめどなく嬌声《きょうせい》がこぼれた。ダフネは快感に我を失ってすすり泣いた。剛直が子宮口を突き上げ、密着した腰をぐりぐりと押し回されて剥《む》かれた花芽が容赦ない刺激にさらされる。背をしならせ、ダフネは悶《もだ》えた。

「だ、めッ、も……！　やぁあっ……。い……っく……、も……、いく……ッのぉ……！」

「はぁッ……、く……」

フレッドが眉根を寄せ、歯噛《はが》みするように呻いた。瞬間、彼は欲望を解き放ち、蠢動《しゅんどう》するダフネの胎内を熱い飛沫《しぶき》が満たした。

吐精を終えたフレッドはダフネを抱きしめて深い吐息をついた。

「……いつかきみを壊してしまいそうだ」

　ダフネは彼の背をそっと撫でた。

「平気……。あなたと抱き合うの、わたし好きよ？　とっても幸せ」

「きみは優しすぎる」

　沈黙を挟んで彼はぽつりと呟いた。ダフネは彼の懐に顔を埋めた
「……こうして抱き合って、あなたの鼓動の音を聞いているのが好きなの。世界にわたしたちふたりきりみたいに思えて……。こんなふうに静かに雨が降っていると、もっとそんな気がする。ふたりだけで方舟に乗ってるみたい」

　かすかにフレドリックは笑った。

「どこへ行くんだろうね。僕たちの乗った方舟は」

「楽園に。あなたと一緒なら、どこへたどり着いたとしても、そこがわたしの楽園だから」

　フレドリックはダフネを見つめ、翳《かげ》りをおびた静かな微笑を浮かべた。

「きみが眩《まぶ》しいよ」

　囁いてキスすると、彼はダフネをぎゅっと抱きしめた。

「……きみをなくしたら、僕は闇の中で途方に暮れてしまうだろうな」

「ずっとあなたの側にいるわ」

　頬をすり寄せたフレドリックがダフネの髪を撫でる。彼の鼓動にダフネは耳を傾けた。規則正しい、優しい音。身を寄せ合うふたりを包み込むように雨音が響く。

　夢の岸辺を離れた方舟は、未だ深い水のなかだった。

翌朝。からりと晴れた青空の下、ダフネは遠ざかる水の都を船のデッキから見つめた。

「……わたし、おばあさんになったらまた来たいわ。あなたと一緒に」

「それじゃ、僕も長生きしないといけないな」

冗談ぽく応じたフレドリックを軽く睨む。

「そうよ。わたしを置いていってはだめ」

「置いていくものか」

彼は笑ってダフネにキスした。

ふたりは船でイタリア半島を周り、マルセイユからイギリス行きの船に乗った。そして出発からおよそ二か月後、無事帰国した。

第六章　Secret Moon ～秘密と嘘の戯れ～

旅に同行した執事とはロンドンの町屋敷《タウンハウス》で別れ、侍女と従者を伴ってシェルフォード伯爵の領地があるコーンウォールへ向かった。

ダフネは馬車の窓からゆるやかな丘陵地を眺めた。ところどころに白い巨岩がそびえ、羊たちがのんびりと草を食んでいる。

「海は近いの？」

「ああ、そこの丘に登れば見えるんじゃないかな。屋敷からも散歩がてらに歩いて行ける。子供の頃はよく泳いだな」

フレドリックは懐《なつ》かしそうに微笑んだ。ダフネはふと、波打ち際で戯れる子供たちと、それを見守っている自分たちの姿を夢想してときめいた。

なんて素敵……！　想像しただけで幸福感が胸にあふれてくる。

「わたし、早く子供が欲しいわ」

思わず呟くとフレドリックが苦笑した。

「焦らなくていいんだよ。僕としては、しばらくはふたりきりで新婚気分を満喫したいな」

「跡取りをもうけるのは大事でしょう？」

「もちろん、そうだけど。急ぐことはないさ。まだまだきみを独占していたいからね」

優しく肩を抱かれてうっとりと風景を眺めていると、やがて前方に森のような木立が見えてきた。入り口には古めかしい石造りの門柱が配置され、盾型紋章が飾られている。ここからはシェルフォード伯爵代々の居館、ウィリバーン・ホールの敷地だ。

門柱の側にはレンガづくりの小さなコテージがあり、馬車が近づいていくと中から中年の男女が飛び出してきた。男のほうは帽子を取って胸に当て、女性はうやうやしく腰を屈《かが》める。フレドリックは彼らに軽く頷いて見せた。

「門衛だよ。敷地内の森の管理もしてもらっている」

「お屋敷は森の中にあるの？」

急に辺りが薄暗くなり、少し不安になってダフネは尋ねた。

「いや、森を抜けた向こうだ」

馬車道は蛇行していて、向こう側にあるという屋敷は見通せない。しばらく森を進むと、まるでトンネルを抜けたように広々と明るい場所へ出た。美しい芝生のなかを白い馬車道がまっすぐ伸びた先に、壮麗なエリザベス朝様式の館が建っていた。

均整の取れた左右対称の三階建てで、飾りのついた組み合わせ煙突がいくつもある。最も幅の広い中央部分は左右の翼棟よりも一段高く、各階ごとに様式の異なるギリシャ風の円柱で飾られていた。四隅には、これも装飾なのだろうが、丸屋根のついた円塔が突き出して、さらに高く豪壮に見える。

（まるでお城だわ！）

絶句して館を見つめる間にも馬車は進んで、波打つような矢尻型の門を走り抜けた。玄関前の馬車回しまではかなりの距離があり、幾何学模様にデザインされた低いツゲの生け垣が両側に続いている。馬車回しの真ん中には台座の上に装飾的な大きな壺《つぼ》が置かれ、周りには色とりどりの花が植え込まれていた。

その威容だけで完全に気押されていたというのに、さらに正面玄関の前から馬車回しに沿って弧を描くようにずらりとお仕着せ姿の使用人たちが並んでいるのを見て、ダフネは卒倒しそうになった。

青くなって震えていると、フレドリックが苦笑して励ますように背を叩《たた》いた。

「こんな仰々しい出迎えは長く留守にしたときだけだ。毎回じゃないから安心して」

「え、ええ……」

ダフネはこわばった顔で指先を握り込んだ。『伯爵夫人』という立場が今になって重くのしかかってくる。

（まさか、こんなに凄《すご》いお屋敷だったなんて……！）

ロンドンの町屋敷《タウンハウス》はむしろこぢんまりとしたもので、規模だけならハミルトンの屋敷のほうが大きかった。使用人も執事と家政婦の他はメイドが数名いるだけだった。しかしあれは彼にとって単なる小規模な別宅にすぎなかったのだ。

「まぁ……、素晴らしいお屋敷ですこと！」

「これほどの屋敷はなかなかないよ。見学者もたくさん来るんだ」

後続の馬車から降りた侍女のミアが感嘆の声を上げると、従者のデリックが得意気に胸を張った。そうでしょうねと頷《うなず》いたミアは、ダフネの青ざめた顔に気付いて急いで歩み寄った。

「どうなさいました、奥様。ご気分でも？」

「い、いいえ、大丈夫。なんでもないわ」

ダフネは気を取り直してかぶりを振った。ミアは新婚旅行の直前にキャロラインの推薦で採用した。とあるお屋敷でハウスメイドをしていたのだが、そこではそれ以上の昇進が難しかったので転職を希望していた。明るくよく気のつく女性で、旅の間に互いの気心も知れてもうすっかり打ち解けている。

「おかえりなさいませ、旦那様」

執事がうやうやしく一礼し、家政婦もそれに倣う。フレドリックは頷いて、ダフネの肩を抱き寄せた。

「ただいま、ランディ、ドナ。変わりはないだろうね」

「はい、旦那様」

「結構。こちらが新しいレディ・シェルフォードだ。よろしく頼むよ。——ダフネ、こっちが執事のグリフィスと家政婦のミセス・レディングだ」

「ご到着をお待ちしておりました、奥様」

ミセス・レディングがにっこりと微笑んだ。町屋敷《タウンハウス》のミセス・ウィザースプーンよりも一回りくらい年長だろうか。白髪混じりの金髪に血色の良い薔薇色《ばらいろ》の頬をして、ふっくらした小柄な女性だ。優しそうな人物でダフネはホッとした。

「よろしくお願いします」

「長旅でお疲れでしょう。すぐにお茶をお淹《い》れいたしますね」

「ああ、頼む」

フレドリックに促され、ダフネは屋敷へ足を踏み入れた。入り口は半階高くなっていて、石造りの階段が左右についている。階段の下には明かり取りの窓があった。使用人ホールになっているのだろう。

玄関を入ると、天井が高い吹き抜けになったエントランスホールで、その奥に重厚な大階段が続いていた。

「奥はサルーン。階上《うえ》は舞踏室《ボールルーム》だ。一休みしたら案内しよう」

フレドリックはそう言いながらダフネを東翼の居間《シッティングルーム》へ連れていった。とても居心地よく整えられた部屋だ。さっそく運ばれてきた紅茶やお菓子をいただいているうちに、だいぶ気分も落ち着いた。

それからフレドリックの案内で屋敷を見て回った。建物は三つの翼棟がつながってEの字型になっている。まずは居間のある東翼をめぐった。

一階には先ほどお茶を飲んだ部屋の他にもうひとつ居間があり、他に大小の客間《ドローイングルーム》、朝食室、正餐《せいさん》室、喫煙室、撞球室《どうきゅうしつ》、書斎などがある。

「使っているのは東翼だけなんだ。西翼は……今は使ってない」

彼は少し口ごもるように呟いた。もしかして、モイラが生きていた頃に使っていたのかもしれないと察し、ダフネは気がつかないふりをして無邪気に周囲を見回した。

「東翼だけでも広すぎるくらいだわ。迷子になりそう」

「造りは単純だから大丈夫さ」

ホッとした様子でフレドリックは微笑んだ。

二階は来客用も含めていくつかの寝室、婦人部屋《ブドワール》、更衣室《ドレッシングルーム》などなど。三階はギャラリーだ。

中央の翼棟は奥行きが左右の翼棟の半分ほどで、空いた部分は上から見下ろすと美しい幾何学模様を描く整形庭園になっていた。一族の肖像画や代々の当主が集めたコレクションが展示されたサルーンを抜け、テラスから庭へ降りた。

膝くらいの高さでツゲを刈り込んだ結び目庭園《ノットガーデン》や、花と葉物を生け垣の間に植え込んだパーテアが美しい模様を描き、まるで豪華な絨毯《じゅうたん》のようだ。

その向こうは高いイチイの生け垣を狭間胸壁《はざまきょうへき》のように仕立ててあり、入り口は鍵穴形に刈り込まれて鉄柵の門がついていた。門を開けるとちょっとした広場になっていて、中央に噴水があった。左右と斜め方向、前方と、五本の通路が伸びている。

左右の通路は直線で両側に花が植え込まれているが、奥へ向かう通路は生け垣を越すたびにオーナメントやトピアリーで視界が妨げられて見通すことができない。

「素晴らしいお庭ね……！」

想像以上の広さ、豪華さに圧倒されて呟くと、フレドリックは『まぁね』と肩をすくめた。

「前世紀に庭づくりに凝った人が続いてね。大規模に改装したらしいよ。その後は手入れが行き届かなくて荒れていたのを母がよみがえらせた。ちょっと異常なほど熱中していたな。人手も金も湯水のごとくつぎ込んで……。父が咎《とが》めもせず、好きにさせていたものだから」

「奥様を大切になさっていらしたのね」

「……父は庭には見向きもしなかったよ。むしろ避けていた」

少し沈んだ声でフレドリックは呟いた。彼は家族の話をあまりしたがらない。両親はすでに亡く、弟も長らく外国に行ったままだそうだが……。

「この奥には何があるの？」

覗《のぞ》き込《こ》んでダフネは尋ねた。雲が出てきたせいか少し薄暗くなり、なんとなく怖いような気配が漂っている。

「迷路園《メイズ》だ。かなり複雑だよ。出られなくなって白骨になった人間もいるらしい」

「え……⁉」

ぎょっとして見返すとフレドリックはクスッと笑った。

「——冗談なのね！　もうっ、一瞬本気にしちゃったわ」

眉を吊《つ》り上《あ》げ、ダフネは彼の腕にしがみついた。

「本当かもしれないよ。どの家にもファミリースケルトンは付き物だ」

屋敷内の骸骨《ファミリースケルトン》。それは他人には絶対に知られてはならない『一家の恥』を意味する。フレドリックにもそんな秘密があるのだろうか。ふと怖くなって抱きしめた腕に力を込めると、彼は笑ってダフネの額にキスした。

「また今度、案内してあげる。雨が降りそうだ。今日はこの辺にしておこうか」

ダフネは頷き、彼と腕を組んで館へ戻った。


広いだけに、ウィリバーン・ホールにはロンドンの町屋敷《タウンハウス》とは桁違いに大勢の使用人がいた。最も異なるのは屋外使用人が多いことだ。美しい庭を維持するために、庭師頭《ヘッド・ガーデナー》の下に何人も園丁がいる。

フレドリック自身は庭づくりに興味はないと言いながら、亡くなった母が丹精込めた庭園を美しく維持するよう努めている。実際、ウィリバーン・ホールの壮麗な屋敷と庭園はセットで称賛の的だった。

ダフネは美しい庭園がとても気に入って、時間があれば庭に出た。侍女のミアとお喋《しゃべ》りしたり、木陰にしつらえられたベンチでのんびりと読書を楽しんだ。時折フレドリックと連れ立って散歩もした。秋咲きの薔薇《ばら》が咲き始めた庭はいつまでいても飽きない。

といって暇をもてあましているわけではなく、屋敷の女主人として家政婦や侍女、料理人などに指示を与えなければならない。もちろんいきなりできるわけもなく、今のところお膳立てしてもらったものに承認を与えるのが精一杯だ。

領地の差配人《ベイリフ》とも話をした。少しでも早く『伯爵夫人』という称号にふさわしくなりたくて、一所懸命に努めた。幸いみな親切で、貴族出身でないダフネがよくわからずにまごまごしていれば優しく手助けしてくれた。

彼らはフレドリックが再婚したことをとても喜んでいた。執事は先代からずっと仕えており、家政婦は元はフレドリックの乳母だそうだ。それで彼は今でもランディ、ドナとそれぞれ名前で呼んでいる。

歓迎してもらえるのは嬉しいが、いつまでも甘えていてはいけないとダフネは自分を戒めた。用があって使用人ホールへ降りていったとき、若いメイドたちが『新しい奥様は前の奥様とは全然違うわね』と声高にお喋りしているのを偶然聞いてしまったのだ。自信のなさを刺激され、用事も済まさず逃げるように階上《うえ》へ駆け戻った。

(……どんなひとだったのかしら)

モイラ。

フレドリックが今でも愛している女性。今なお彼女がこの館にいるみたい——。

庭へ出ると、屋敷で飼われている犬が二頭、尻尾を振ってついてきた。流線型の体躯《たいく》が美しいボルゾイの兄弟だ。ハミルトン家の番犬と違ってとても人懐っこい。フレドリックが知り合いのロシア貴族からもらったという。

二匹は屋敷内を好き勝手にうろつくことを許されており、大抵は書斎や居間のソファで四肢を投げ出してのんびり寝ているが、主人たちの姿を見出《みいだ》した途端に跳ね起きて、嬉々《きき》として駆け寄ってくるのだ。

獰猛《どうもう》なマスチフ犬に追いかけられたせいで最初は大きな犬が怖かったのだが、穏やかな気質の二匹とはすぐに仲良くなれた。二匹は互いにじゃれ合いながらダフネの周りを無邪気に回っている。

ぶらぶらと歩いてきたダフネは生け垣で作られた迷路園《メイズ》の前で立ち止まった。今度連れてくるとフレドリックに言われたが、取り紛れてそれきりになっている。入ってみたい気はするものの、なんだか怖かった。骸骨の冗談を真に受けているわけではないが……。

迷路の入口には渦巻き型に刈り込まれたトピアリーがある。眺めているうちにクラクラしてきて、かぶりを振って眩暈《めまい》を追い払うと鍵穴型の門まで引き返した。考えるのをやめようと思っても、モイラのことがどうしても頭から離れない。

花壇に挟まれた通路をあてどなく行ったり来たりしていると、ミアが急ぎ足でやってきた。

「奥様。こちらでしたか。お客様なのですが、旦那様はまだお戻りにならなくて……」

「お客様？　どなたかしら」

ダフネは急に不安になった。近在のいわゆる名士たちとの顔合わせは大体済んでいるが、いつもフレドリックが側についていてくれたから、ひとりで応対したことはまだないのだ。

「レディ・エインズワースと仰る方です。丘をふたつ越えた向こうにお屋敷があるそうですよ。お召し替えなさいますか」

「そうね。お願いするわ、ミア」

レディの称号を持っているからには貴族だ。失礼があってはならない。急いで自室へ戻って散歩用のドレスからアフタヌーンドレスに着替えた。応接間に入っていくと、窓から庭を眺めていたおしゃれな乗馬服姿の女性が、パッと笑顔になった。

「まぁ、思ったとおりだわ！」

どういう意味かとうろたえていると、彼女は軽やかな足どりで歩み寄ってきた。

「はじめまして。急に押しかけてごめんなさいね。久しぶりにこちらに戻って思いっきり馬を走らせていたら、ウィリバーン・ホールが見えたものだから、そのまま走って来ちゃったのよ。本当はきちんと訪問予告のお手紙を差し上げてから伺うつもりだったんだけど」

一気にまくし立てられ、気押されながらダフネはどうにか微笑んだ。

「すみません。主人は差配人《ベイリフ》と一緒に出かけておりまして……」

「あら、いいのよ。あたくしが勝手に押しかけたんですもの。お忙しかったかしら」

「いえ……。グリフィス、レディ・エインズワースにお茶をお出ししてくれる？」

「かしこまりました、奥様」

控えていた執事が一礼して出て行くと、彼女はニコニコしながら手を差し出した。

「オリヴィアよ。あたくしもあなたのことダフネと呼ばせていただくわ。かまわないかしら」

「ええ、もちろん」

握手をしながらダフネは頷いた。オリヴィアはダフネの手を引いてソファに腰を下ろした。

「ふふっ、姉に聞いてたとおり、なんて可愛いのかしら……。まさしく黒歌鳥《ブラック・バード》ね。フレッドがしまい込みたがるのも無理ないわ」

「お姉様、ですか……？」

「ええ、キャロラインよ。あなたのこと自慢そうに書いた手紙を読むたびに、もうあたくし悔しくって、じれったくて、もうっ」

何故か手を揉み絞って身悶《みもだ》えするオリヴィアを、呆気《あっけ》にとられてダフネは見返した。

「キャロラインの妹さん……？」

「うふふ、似てないでしょう？　両親が言うには、姉は父方の祖母似で、あたくしは母方の祖父に似てるんですって。赤の他人に似てるのに姉妹だなんておもしろいわね」

「──中身はほとんど双子だ」

憮然《ぶぜん》とした声に振り向くと、しかめっ面のフレドリックが佇《たたず》んでいた。後ろには差配人《ベイリフ》のベンが苦笑を押し殺した風情で控えている。フレドリックはつかつかと歩み寄り、不機嫌そうにオリヴィアを睨《にら》んだ。

「いいかげんに手を離したまえ」

「あら、いいじゃない。女同士ですもの、ねぇ？」

にっこりと笑いかけられ、ダフネは引き攣った笑みを返した。確かにこの応対はキャロラインそっくりだ。

フレドリックはますます憮然としたが、無理やり引《ひ》き剥《は》がすわけにもいかなかったのだろう。

近くのソファに腰を下ろすとタイミングよく執事がお茶を運んできた。帰宅を知っていたのか、ティーカップは人数分揃《そろ》っている。

オリヴィアはようやくダフネの手を離し、むすっとしたフレドリックとは対照的な上機嫌でカップを手にした。

「ああ、美味《お》しい！　運動後のお茶は格別ね」

「何しに来たんだ」

「相変わらず無愛想だこと。もちろん、あなたの可愛い奥さんを拝見しにきたに決まってるじゃない。ロンドンでは一足違いで新婚旅行に出発されちゃって残念だったわ」

「助かった……」

真顔でフレドリックは呟いた。どうやらキャロライン以上にオリヴィアが苦手らしい。オリヴィアのほうは彼の苦い顔など気にも留めず、ニコニコしながらダフネに新婚旅行の感想を聞き始めた。ベンも含めて三人で歓談する間、フレドリックは軽く眉間にしわを寄せたまま会話にはほとんど加わらなかった。

「――さて、それじゃ、そろそろお暇《いとま》しようかしら」

オリヴィアが立ち上がると、フレドリックは露骨にホッとした顔になった。それを横目で窺い、オリヴィアはにんまりした。

「今度はぜひうちへいらしてね。そうだわ、晩餐会《ばんさんかい》を開きましょう。ごく少人数で、気兼ねなくお喋りしましょうよ」

「はい、是非」

ダフネは素直に頷いた。姉のキャロライン同様オリヴィアも気さくで楽しいひとだ。

「いいでしょ、フレッド。絶対来てよね」

念押しするように言われ、フレドリックは渋い顔で頷いた。オリヴィアは改めてダフネの手を握った。

「あなたがフレッドと結婚してくれて嬉しいわ。本当によくお似合いよ」

「ありがとうございます」

「フレッド。このひとを大事にしないとだめよ」

「わざわざ言われるまでもない」

そっけない答えにオリヴィアはくすくす笑った。

「照れちゃって。……ところであの子はどうして――」

何気なくオリヴィアが言い出した途端、フレドリックの顔色が変わる。オリヴィアはハッと口を押さえ、面食らった表情のダフネと険しい顔のフレドリックに素早く視線を走らせると、ごまかすようににっこり笑って出ていった。ベンもどことなく気まずそうな顔で一礼して退出する。

立ち上がって見送ったダフネは、固い表情のフレドリックをおずおずと窺《うかが》った。

「あの子って……、誰のこと？」

フレドリックは一瞬うろたえた表情になったが、すぐに平静を取り戻して肩をすくめた。

「馬だよ。うちの厩舎《きゅうしゃ》にお気に入りの馬がいるんだ。彼女は乗馬が好きだからね」

頷きながら、ダフネは釈然としなかった。確かに乗馬は好きなのだろうが、話の流れとして唐突すぎるし、不自然だ。しかし、こわばったフレドリックの顔を見ると、しつこく尋ねるのもためらわれる。

フレドリックは小さく嘆息し、ダフネに向かって手を差し伸べた。

「おいで」

素直に手を取ると、そのまま手を引かれて膝に載せられた。フレドリックはダフネを抱き寄せて溜息《ためいき》をついた。

「あの姉妹は苦手だ」

「晩餐会は断ったほうがいい？」

「いや……、きみがよければ行こう。オリヴィアは苦手だが、彼女の夫とは友人だから」

ダフネは頷いた。『あの子』が誰なのか訊きたい気持ちはあったが、尋ねたらフレドリックの機嫌を損ねてしまいそうだ。

（そのうち話してくれるわ……）

自分に言い聞かせ、ダフネは彼にもたれた。

……時折、薄氷を踏んだような心持ちになる。フレドリックが何か心に重いものを抱えていることは、初めて出逢《であ》ったときから何となく感じていた。いや、むしろそれゆえに彼に惹《ひ》かれたといってもいい。

その翳《かげ》を取り除いてあげたいと思う。だが、同時にそんなことをすれば彼を失ってしまいそうで怖い。このぬくもりを失うくらいなら、翳の正体など知らぬまま彼を抱きしめていたかった。そうすれば、ずっとこの幸せな夢を見ていられるはずだから……。


翌日、さっそくオリヴィアからの招待状が届いた。フレドリックと一緒に指定時間に訪問すると、他に招かれていたのは近くの牧師館に住む若い牧師夫妻だけだった。おっとりした気持ちのよい人たちで、もう何度か顔をあわせているから緊張しないで済んだ。

オリヴィアの夫のエインズワース卿《きょう》は妻とは反対にひどく寡黙な人物だった。眼光の鋭さに最初はちょっと気後れしてしまったが、話せばそんなに冷たい感じはしない。無愛想で困るわとオリヴィアは笑っていた。

晩餐の間会話を盛り上げたのはもっぱらオリヴィアだった。牧師夫人もダフネも口数が少ないほうなので、彼女がいなかったら少々気づまりな雰囲気だったかもしれない。

牧師夫妻はまだ幼い子供が熱を出しているとのことで、晩餐が終わると詫《わ》びながら早々に引き上げた。

ダフネはオリヴィアと一緒に客間《ドローイングルーム》でチョコレートとコーヒーをいただいた。夫たちは喫煙室で一服しながら話をしている。

「どう？　ウィリバーン・ホールでの生活にはもう慣れた？」

「まぁ、何とか……。至らないことばかりですけど、ミセス・レディングがとても親切にしてくれて」

「ドナって、あれでけっこう厳しいところもあるのよ。何せ元乳母でしょう？　甘い顔してるばかりじゃ子供を躾《しつ》けられないわ」

「わたしには、とても優しいですけど……」

「それはね、きっと嬉しくてしかたないのよ。再婚話を頑として拒み続けたフレッドがやっと奥さんをもらったんだもの。ホッとしたに違いないわ」

「……わたし、何だか申し訳ないような気がするんです」

「あらどうして？」

「フレッドは、再婚する気はないってずっと言ってたのに……、わたしのせいで信念を曲げるはめになってしまって」

オリヴィアは怪訝《けげん》そうに首を傾《かし》げた。

「信念って。そんな、修道士じゃあるまいし。単に気に入った相手に巡《めぐ》り逢《あ》わなかっただけでしょ。確かに女性を遠ざけてるふしはあったけど。――そういえば、どういうふうに知り合ったの？　舞踏会で出逢ったのよね？　もっと詳しく教えて」

目を輝かせてねだられて、舞踏会での出来事を訥々《とつとつ》と話すとオリヴィアはほうっと大きな溜息をついた。

「白馬の王子様だったのねぇ。それじゃ恋に落ちても無理ないわ。あなたそういう駆け引きには慣れてなさそうだし」

「か、駆け引きだなんて……」

　ダフネは口ごもり、そわそわとコーヒーを口にした。

「でも、だったらなおのこと自信を持たなきゃ。フレッドって、舞踏会とかで近寄ってくる女性にはちょっと過剰なくらい冷たくてよそよそしかったのよ。そのせいで変な噂を立てられるはめになったんだから」

「あの……。亡くなられた前の奥様——、モイラさんってどんな方だったんですか？」

　ふと思い出して尋ねると、オリヴィアは困ったような顔になった。

「どんなって……。フレッドに何か言われたの？　比べられたとか」

「いえ！　そんなことは全然。引き合いに出したことは一度もありません。ただ、どんなひとだったのか気になって」

「それはまぁ、そうよね」

　オリヴィアは眉間にしわを寄せた。そういう表情をすると、驚くほど姉のキャロラインと似ている。やはり姉妹なんだわとダフネは感心した。

「あの……、どんなひとだったんですか？」

　オリヴィアは困惑顔で肩をすくめた。

「わたしとしてはモイラのことなんて気にしないでほしいけど、そうもいかないでしょうね」

「すみません、フレッドには訊きづらくて……。つらいことを思い出させたくはないですし」

「でもやっぱり気になる？」

「はい……」

思案顔でコーヒーを飲むと、オリヴィアは気の進まぬ口調で話しだした。

「モイラはね、親の決めた婚約者だったの。ごく幼い頃に婚約したのよ。もちろん当人の意志とは関係なく、親が勝手に決めたわけだけど」

「……そうだったんですか」

「跡取りなら珍しいことじゃないわ。爵位はなくてもモイラの実家は昔からの裕福な地主階級《ジェントリ》だったし。もっとも年に一度会うか会わないかで、特に親しくはしてなかったわね。わたしたち姉妹のほうがずっと頻繁に会ってた。そのせいかモイラには嫌われてたわ。亡くなった人を悪く言いたくはないけど、彼女、独占欲が強くてプライドも高かった。——実は、シェルフォード伯爵家は先代までかなり苦しかったのよね。婚約の裏には経済事情があったと見てまず間違いないわ」

ダフネは面食らって眉根を寄せた。

「でも、フレッドは裕福……ですよね」

「彼、自分で一財産築いたのよ。土地とか投資とかいろいろ工夫してね。海外に牧場や葡萄園《ぶどうえん》を持ってるし。これからは領地にしがみつくだけじゃ先細りになるのは目に見えてるから、って。わたしに言わせれば、そうやって自分でなんとかしようと努力する男のほうが頼もしくて将来有望だと思うんだけど、モイラは自分の価値が下がったように感じたらしいの」

「え……、どうしてですか」

「相手が裕福なら、持参金の価値も相対的に減るじゃない？」

「……？　そういうものなんですか」

「恩を売りたがる輩《やから》にはね。しかも皮肉なことに、モイラの実家は結婚直前に経済的に破綻しちゃったのよね」

「えっ……」

「つまり、持参金どころじゃなくなったの。当然、婚約は破談になるものと誰もが思った。その頃はもう婚約を決めた父親は亡くなって、フレッドが当主になっていたしね。なのに彼は律儀にモイラと結婚したわ」

ずきりと胸が痛む。やはりフレドリックは彼女を愛していたのだ。持参金の有無はむろんのこと、嫉妬深さやプライドの高さも関係なかった。

メイドたちのお喋りからも聞こえてきたではないか。結婚式も披露宴も大層豪華だったと……。教会ではなく結婚登録所で夫婦となった自分とは何という違いだろう。

（もしかして……、わたしと結婚したのは代償みたいなものだったのかしら）

同じように持参金を持たない娘を後妻に迎えることで、亡くした妻の代わりとした……？

（……馬鹿ね！　考え過ぎよ）

己を叱りつけたものの、やはり結婚を決意した理由のひとつには、境遇の類似があったのではないかと思えてしまう。

青ざめたダフネに気付いてオリヴィアは焦り顔で言い出した。

「あっ、それはほら、フレッドって真面目だから！　相手が貧乏になったからといって約束を破るのは信義にもとると考えたのよ」

「……そうですね、フレッドは優しいひとですもの」

弱々しく微笑《ほほえ》むと、オリヴィアはますます眉を垂れた。

「ねぇ、ダフネ。あなた——」

「モイラさんって綺麗なひとだったんでしょうね」

慰めの言葉など聞きたくなくて、遮るようにダフネは声を張った。

「え？　ええ、そうね。美人ではあったわね」

「見事な赤毛だったたって、町屋敷《タウンハウス》のミセス・ウィザースプーンが言ってました。ドレスも濃い色が似合ってたって……。きっと華やかなひとだったんだろうなって……、わたし、そう思って……」

急に鼻の奥が痛くなって声を詰まらせる。心配そうにオリヴィアが顔を覗き込んだ。

「大丈夫？」

「……わたし、全然違いますよね」

「違ってあたりまえよ。別人なんだから。フレッドはモイラの代わりを求めてるわけじゃないわ。あなたが好きだから結婚したの。今度こそ、本当に好きなひとと結婚したのよ。その相手にこんなにも想われてる。まったくうらやましいわ！」

ダフネが濡れた睫毛《まつげ》を瞬くと、急いでオリヴィアは手を振った。

「あ、誤解しないで。主人のことはわたし好きなのよ。ちょっとわかりにくいひとだし、ぶっきらぼうだけど、わたしを愛してくれてるわ。でもねぇ、熱烈な大恋愛をしたわけじゃないから。やっぱりちょっと憧れちゃうのよね」

「わたしだって、別に……」

「あらあら、知らぬは何とかばかりなり、ね」

くすくすとオリヴィアは笑いだした。

「ねぇ、ダフネ。わたし、モイラよりあなたのほうが好きよ。フレッドにもあなたのほうがずーっと似合ってると思う。信じてね？　お世辞でもなんでもないんだから」

「……はい」

ダフネはおずおずと微笑んだ。

「わたし、きょうだいといったら姉だけで兄も弟もいないから、幼なじみのフレッドが弟みたいなものなのよね。実際には彼のほうが年上なんだけど。勝手に弟扱いされて、うんざりしてると思うわ。でもねぇ、わたし、本当に彼には幸せになってほしいのよ。モイラだけじゃなく……今までつらいことが多かったから」

どういうことかと聞き返そうとすると、応接間にフレドリックがオリヴィアの夫と連れ立って現れた。

「――そろそろお暇しようか」

「あ、はい」

ダフネは急いで立ち上がった。握手を交わし、馬車に乗り込む。フレドリックは観察するかのようにしげしげとダフネの顔を覗き込んだ。

「オリヴィアに僕の悪口を吹き込まれなかったろうね？」

「悪口だなんて……。あなたのこと、弟みたいに思ってるんですって」

「年下のくせに。昔からあの姉妹は僕を家来みたいに扱ってたんだ」

むすっとした顔になるフレドリックがおかしくて、ダフネはくすくす笑った。

「わたし、キャロラインもオリヴィアも好きだわ」

「僕だって別に嫌いじゃない。苦手なだけさ」

ダフネは憮然とする彼の横顔を見つめた。

「……あなたには是非幸せになってほしいんですって。つらいことがたくさんあったから」

フレドリックはたじろぎ、探るようにダフネを見た。

「何を聞いたんだ？」

「奥様との結婚のいきさつを少し……」

「それだけ？」

頷くと、フレドリックはホッとした顔になった。

「僕よりもきみのほうがずっとつらい思いをしてきたと思うな。それにダフネ、僕の奥様はきみだよ。まちがえてはいけない」

ダフネはちょっと顔を顔を赤らめた。フレドリックはくすっと笑ってダフネを抱き寄せた。彼のディナージャケットからはかすかに葉巻の匂いがした。

「こうしてきみを抱きしめていれば、つらいことなんか忘れてしまうよ」

「……わたしもよ」

ダフネは囁いて彼の胸に顔を埋めた。

この人が好き。わたしの力で幸せにしてあげたい――。

「ね、フレッド。わたしといると……幸せ？」

「もちろんだよ。可愛いダフネ。きみは僕に幸福感を与えてくれる唯一のひとだ」

彼は優しくダフネにくちづけた。彼の唇からは上等なコニャックの香りがした。フレドリックはダフネの耳飾りを指先で弄びながら囁いた。

「今夜も僕に幸せをくれるかい？」

ダフネは頬を染めて頷いた。

「あなたが望むだけあげる……」

でもね、それ以上にわたしのほうがもらってるの。

あなたはわかってくれているのかしら？　どれほどわたしがあなたを愛しているか。何度抱かれても伝えきれない気がして、もどかしくてならないわ……。

屋敷へ戻ると早々に入浴を済ませ、ベッドで情熱的に抱き合った。フレドリックは新婚旅行のときと変わらぬ貪欲さでダフネの肉体を求めた。彼を受け入れる悦びに悶え、もっともっと愉《たの》しませてあげたくてダフネは淫らに腰を振りたくった。

仄昏い欲望の瞳で見つめられただけでぞくぞくと身体が疼き、どんな要求にも屈してしまう。愉悦に溺れ、もう完全に彼の擒《とりこ》なのだと思い知らされた。甘い戦慄に涙をこぼし、さんざん焦らされた末にようやく精を注がれて、ダフネはうっとりと恍惚《こうこつ》に酔った。

広い胸に抱かれ、優しく背中を撫《な》でられながら眠りと覚醒の狭間を漂うのは至福そのものだ。ことが済んだ後、いつもフレドリックは放心するダフネを抱いて、眠りに落ちるまで優しく背中を撫でてくれる。

そうしていれば彼の『愛』を感じられた。守られて、恐れるものなど何もないと思えた。そうしてゆるゆると眠りに落ちてゆくのが好きだった。

でも、今夜は少し違った。彼はいつもどおりに優しくて情熱的だったけれど、何故《なぜ》かそれだけでは満たされなかった。ダフネは彼の胸に頬をすり寄せ、背中に腕を回して子供のようにしがみついた。

「……どうしたの？」

「あなたが好き」

フレドリックはくすりと笑ってあやすように額にくちづけた。普段ならそれで満足して眠りに就けたはずだが、今日はだめだった。かえって焦燥感で胸がひりひりする。

ダフネは尖《とが》った声で子供っぽく言いつのった。

「あなたは？　わたしのこと好き？」

「もちろんだよ」

穏やかな彼の声音がとても好きなのに、今は何故だか軽くあしらわれているように思えてならない。きっとモイラのことを聞いたせいだ。フレドリックがモイラにとても誠実だったと聞いて、どうしようもなく――嫉妬してる。

「じゃあ、好きって言って。一度でいいの。わたしのこと愛してるって言って」

「きみは僕にとって誰より大切な、かけがえのないひとだよ」

聞き分けのない幼児をなだめるみたいにな口調にカッとなって身を起こす。フレドリックはいきなり怒りだしたダフネを驚いた顔で見上げた。

「どうしたんい、急に」

「わたしのこと愛してないのね！」

「大切だと言ったじゃないか」

ムッとした顔でフレドリックは半身を起こした。

「じゃあどうして『愛してる』って言ってくれないの？」

押し黙る彼を絶望のまなざしで見つめる。

（ああ……、やっぱりそうなんだわ）

「――言えないならわたしが言ってあげる。あなたが愛してるのはモイラだけなのよね」

フレドリックは完全に虚を突かれた顔になった。唖然《あぜん》として声も出ない彼を、ダフネは打ちひしがれた気分で眺めた。

訊くべきではなかったのに。わかっていて彼との結婚を承諾したはずだ。たとえ彼が前妻を忘れられなくても側にいたいと願ったのは自分ではなかったか。

「……ごめんなさい。立場もわきまえず、勝手なことを言って。わたし、今夜は隣で休みます。明日からは、ちゃんとするわ」

ダフネはシルクのガウンをたぐりよせ、ベッドから滑り出た。我に返ったフレドリックが慌てて手首を掴む。

「待て。立場って何だ。それに僕がモイラを愛してるだって……⁉」

「そうでしょう？　彼女を愛しているけど、伯爵家の当主としては再婚せざるをえない。跡取《へア》りが必要だもの。――心配しないで、わたし丈夫だから、きっと産めるわ。跡取りも予備《スペア》も、ちゃんと産むから……」

フレドリックは声を荒らげて遮った。

「ダフネ！　きみは僕が跡取りを産ませるためにきみと結婚したと思っているのか⁉」

「だって……」

「だって何だ。僕はきみに側にいてほしいから結婚したんだ。もちろんいずれ子供は欲しい。確かに跡取りは必要だ。だが、そのために結婚したと思われては心外だね！」

ダフネはカッとなって叫んだ。

「でもあなたが愛してるのはモイラなんでしょう⁉　わたしと結婚したのは憐れんだからよ。あなたは優しいから……っ」

「馬鹿言うな！」

フレドリックは目を怒らせてダフネを引き寄せた。初めて見る本気の怒りにひくりと喉を震わせる。

「僕が慈善できみと結婚したとでも⁉　冗談じゃない。とんでもない勘違いだ。僕は全然優しくなんかない。自分勝手で傲慢な男だよ」

「何……言ってるの……」

ダフネはふるふるとかぶりを振った。いったい何を言い出すのかと混乱する。

「あなたはいつも礼儀正しくて親切だったわ。優しくしてくれた。気遣ってくれたわ……」

「そんなのただの下心さ。きみに好かれたかっただけだ。いい顔をして見せただけだよ」

ダフネはまじまじと彼を見つめ、そっと頬に手を伸ばした。

「……今でも変わらずに優しいわ」

「きみを失いたくないからだ。ダフネ。僕はきみを――、愛しているよ。心から愛してる」

「でも、あなたはモイラが――」

「彼女を愛したことなど一度もない！」

怒声に怯《おび》えるダフネを見て、たちまち彼は眉を垂れた。

「……すまない。怒鳴ったりして悪かった。でも、本当なんだ。僕はモイラを愛していない。

「一度も愛したことはない」

絶句するダフネを抱き寄せ、肩口に顔を埋めてフレドリックは呻《うめ》いた。

「モイラと結婚したのは……、親の決めた婚約者だったからだ」

「知ってる。オリヴィアに聞いたわ」

「婚約を決めた父が亡くなって当主になって、僕はモイラとの結婚は断るつもりでいた。定期的に顔を合わせてはいたけど、どうしても好きになれなくてね。でも、僕から断れば彼女の評判に悪い影響を及ぼしかねない。だから彼女のほうから断るように仕向けようとした。だが、やり方を考えているうちに彼女の家が急に傾いてしまった……。こんなときに破談にしたら、世間は僕が貧しくなった彼女を捨てたと見なすだろう。そんなふうに思われるのはいやだった。だから彼女と結婚したんだ」

フレドリックは、自らを嘲るように唇をゆがめた。

「どうだい、尊大な男だろう？　僕は、自分のプライドを保つためだけに、愛してもいない女と結婚したんだ。『愛している』なんて心にもないことを言いながら、辞退してくれればいいと内心期待していた。断られたらできるだけの援助はするつもりで……、ただ彼女が落ちぶれたから捨てたと思われたくない一心だった。僕はそういう卑怯《ひきょう》で浅ましい人間なんだ」

ダフネはぎゅっと彼を抱きしめ、激しくかぶりを振った。

「そんなことないわ！　あなたは優しくて誠実なひとよ」

「優しくなんかない。誠実でもない。僕は嘘《うそ》つきで自分勝手な男だ。好きになれない女に向かってぬけぬけと『愛している』と言い、自分の評判を守るために求婚した。たぶんモイラはわかってたんだ。紳士としてそれが当然の振る舞いだと嘲るように言ったよ。そして彼女もまた自分のプライドを保つためだけに僕と結婚した。愛していると僕に言い、それを根拠にがんじがらめに束縛しようとした。それが彼女の『愛』だった。だから僕は『愛している』という言葉にどうしてもわだかまりを感じてしまう。ダフネ……、きみに愛していると言ったら嘘をつくことになる気がしてならなかったんだ」

「フレッド……」

「きみは僕にとってかけがえのない、ただひとりの大切なひとだ。だけどそれを表すのに『愛している』という言葉を使ったら、想《おも》いがゆがんでしまう気がした。僕はすでにその言葉を嘘で穢《けが》していたから……」

ダフネはフレドリックの頬に手を添えて瞳を覗き込んだ。

「穢れてなんかいないわ！　あなたが本当にわたしを愛してくれているなら、その言葉は真実だもの……。フレッド、わたしがあなたを『愛してる』って言ったらいやな気持ちになる？」

「まさか！　嬉《うれ》しいよ。きみの言葉はいつも温かで、真摯な想いがこもってる。だからそれを聞くたびに、よけいに自分が情けなくなった。きみの純粋な愛に値する男ではないと……」

「そんなことないわ！　あなたがわたしを愛しているなら、どうかそう言って。わたし……、あなたの心が誰か他のひとのものだとしてもあなたを愛し続けようと決めて結婚したの。あなたが妻として大切にしてくれるなら、それで充分だって……。でも、本当はあなたに愛されたかった。あなたにとって、唯一無二の特別な存在になりたかった」

　フレドリックは狂おしげにダフネを見つめた。

「きみこそ唯一無二のひとだ……！　キャロラインの舞踏会で初めてきみと目が合った瞬間を今でもはっきりと覚えてる。どうしてこんなところに天使がいるんだろうと不思議だった」

　ぎゅうっと抱きしめられ、ダフネは顔を赤らめた。彼が覚えていてくれたのは嬉しいけれど、天使はちょっと言い過ぎだ。

「愛してる……。ダフネ、きみは僕が初めて心の底から愛しいと感じたひとだ。きみと生涯を共にしたいと、すぐ思うようになった。だが僕は、結婚というものに幻滅していて……、結婚したらきみは変わってしまうんじゃないかと恐れたんだ」

「——天使から悪魔に？」

　くすっと笑うと、フレドリックはばつの悪そうな顔になった。

「いや……」

「悪魔になるかもしれないわよ？　あなたが他の女性に心を移したりしたら」

「そんなことするものか！　僕はきみに夢中なんだ……。自分でもちょっとおかしいと思うくらい、きみが好きだ。何度抱いてもすぐにまた欲しくなるし、きみが誰かと親しげにしていると腹が立ってくる。特に、キャロラインとオリヴィアはなれなれしいからすごく不愉快だ」

「ふたりとも女性じゃないの」

　ちょっと呆《あき》れると、フレドリックは拗《す》ねたように鼻を鳴らした。

「関係ない。きみに触れていいのは僕だけだ」

一回りも年上で頼るばかりだった彼が急に可愛く思えてくる。そっと髪を撫でると彼は自嘲気味に呟《つぶや》いた。

「皮肉だな……。今になって、モイラの気持ちが少しはわかるような気がしてきたよ」

「あなたを束縛したがったこと？　そうね、彼女なりの愛情表現だったのかもしれないわ」

表し方を間違え、行き過ぎてしまったとしても、きっとモイラはフレドリックを愛していたのだ。そう思うと同じ女性として何だか切ない。

「そうは思えないな。彼女はプライドがすごく高かった。たぶん僕以上に……。僕たちの結婚は完全に間違いだった。結婚当日に早くも思い知らされたよ。彼女にもわかったはずだ。何もかも、僕たちは合わなかった。……モイラは僕に抱かれても苦痛しか感じなかったらしい。それを僕のせいだと詰《なじ》り、拒絶した。そうなのかと僕は思い込んだ。……だからダフネ、きみが僕に抱かれて悦《よろこ》んでいるのがわかって、とても嬉しかった」

赤面してうろたえるダフネをフレドリックは不安そうに見つめた。

「……ダフネ。きみ、まさか演技とかしてないだろうね……？」

「えっ……!?　し、してないわ。わたし……、あなたを悦ばせたいとは思ってるけど……、わたしだって、その……、気持ち……いいし……」

目を泳がせながらしどろもどろに呟く様を愛しそうに見つめ、フレドリックはダフネの紅潮した目元にキスした。

「嬉しいよ。きみの悦びは僕の悦びだ」

「わたしもよ……」

うっとりと囁いてダフネはフレドリックと唇を合わせた。甘い彼の唇。淫靡《いんび》な舌の感触。媚薬のような唾液。何もかもが心地よい。くちづけを交わしただけで恍惚としてしまう。

「……あなたとキスするのが好き。気持ちよくて、幸せなの。きっとキスには魔法の力があるんだわ」

おとぎ話のお姫様は王子様のキスで目覚める。眠りからではなく……官能の悦びに。

それを伝えたくて、ダフネは自ら唇を合わせ、舌を忍び込ませてフレドリックの口腔《こうこう》を優しく愛撫した。吐息を乱し、欲望の光をトロリとにじませて彼は熱っぽくダフネを見つめた。

「きみの誘惑には勝てないな……」

フレドリックは囁《ささや》きながらダフネのナイトガウンの襟元を開いた。するりとシルクが肩から滑り落ちる。彼は身をかがめ、あらわになった胸元にうやうやしくキスをした。掌《てのひら》全体を使ってゆっくりと隆起を揉《も》み絞りながら、早くもツンと尖った乳首に舌を這《は》わせる。

じんわりとした愉悦に吐息を洩らし、ダフネは逞《たくま》しい彼の背に手を滑らせた。乳輪ごと口に含まれ、舌先で乳首を弄ばれるとぞくぞくして皮膚が軽く粟立《あわだ》ってしまう。

「んッ……」

「……敏感だね。肌が戦慄《わなな》いてる」

「ぁン……、気持ちぃ……の……っ」

じゅっ、と先端を強く吸われ、ダフネは悲鳴を上げた。

「ひぁん！　あ、そんな、吸われたら……ッ」

「ん。どうなるんだい。言ってごらん」

「お、おなかが、きゅぅって……、なって……、っあ！」

腰を掴んでぐいと引き上げられる。彼を跨《また》いで膝立ちしたダフネの下腹部をフレドリックは焦らすようにゆっくりと撫《な》で回《まわ》した。

「ここ？」

「あッ……、ん！」

ぞくんと快感が突き上げ、ダフネは背をしならせた。秘裂が急速に潤みはじめ、羞恥に呼吸が乱れる。

「ぁ……！　だめっ……、出ちゃ……っ」

先ほどの交わりで注がれた精が蜜とともに滴り落ちてくる。恥ずかしさと切なさでダフネは身をよじったが、彼の膝を跨いでいるので脚を閉じ合わせることもできない。

「大丈夫、またあげるよ」

フレドリックは淫蕩《いんとう》に囁き、熱をおびた耳朶《じだ》にねっとりと舌を這わせた。ダフネはぶるっと身を震わせて喘いだ。

「ああん……、それ、やぁ……ッ」

「好きだろう？　耳かじられるの」

こりこりと耳朶を甘く食《は》まれ、ひんっとダフネは肩をすぼめた。

「く、くすぐったぃ……！」

「こうするとすごく感じるんだったね」

耳朶を愛咬しながらくるくると臀部《でんぶ》を撫でられ、ダフネは瞳に涙を溜《た》めてふるっと頷《うなず》いた。

耳を食まれたり、喉を舐《な》められながら胸やお尻をいじられると、ぞくぞくして愛蜜がとめどなくあふれてくる。ダフネは彼にしがみつき、無意識に腰を揺らして喘いだ。

「はぁ……っ、あん……」

「いい子だ。可愛いよ」

甘い彼の囁き声に子宮が切なく疼《うず》く。互いの唇を吸い合い、ぴちゃぴちゃと舌を絡ませた。

「あ……、フレッド……。気持ちぃ……わ……」

「きみは本当に可愛いね、ダフネ……」

ぬめる先端を蜜口に擦りつけられ、ダフネはたまらずに身悶えた。彼は入り口を行き来するばかりでなかなか挿入しようとしない。

「あン……っ、はやくっ……」

「ん？　なんだい」

「あ、なたが……っ、欲しいの……！」

「……これ？」

フレドリックは目を細め、濡れそぼった秘裂で猛《たけ》る熱杭をさらに大きく前後させた。過敏に

なった柔襞をにちゅにちゅと刺激され、ダフネは涙をこぼして喘いだ。

「んん……ッ、じら、さな……で……っ」

「可愛いきみがもっと見たい。僕を欲しがって悶えるきみはたまらないな……」

フレドリックは熱っぽく囁き、いともたやすくダフネを籠絡する妖美なまなざしを注いだ。

ダフネはがくがくと震えながら我を忘れてねだった。

「欲し……わ、フレッド……。あなたが欲しい……。お願い、早くちょうだい……！」

彼は呼吸を荒らげ、蜜孔に自らをあてがうとダフネの腰を掴んでずぷりと一気に貫いた。

「ひぅンっ……！」

ダフネは悲鳴を上げてのけぞった。子宮口を突き上げられる衝撃で、目の前がちかちかする。

力なく震える喉から頤《おとがい》にかけてねっとりと舐め上げてフレドリックは囁いた。

「ああ、ダフネ……。気持ちいいよ。きみの熱い襞が僕を包み込んでる……。おや？　ひくひくしてるな……。達してしまったのかい」

ダフネは彼にもたれかかり、羞恥に身を縮めながら頷いた。

「ごめ、なさッ……、気持ちよくて……っ」

「気持ちいいなら謝ることないさ」

「ん……」

甘く唇を吸われ、彼の舌をうっとりと味わう。繋がった腰を試すように揺らされるとくちゅくちゅと淫らな水音が上がった。恥ずかしいけれど、彼を奥深く受け入れていることが実感できて幸せだった。

　くちづけを交わしながら繋がった腰を蠢《うごめ》かせているうちに息が荒くなり、快楽で頭がぼんやりしてきた。やがて彼はハァッと熱い吐息を洩《も》らすとダフネの身体を抱え直し、ゴッゴッと激しく突き上げ始めた。

「あっ、あっ、あぁんッ」

　彼にしがみついて悶え、快楽のあまりほろほろと涙をこぼしてすすり泣く。フレドリックはダフネをきつく抱きしめて呻いた。

「……ッく、締まる……っ」

　解き放たれた淫熱の滾《たぎ》りが流れ込む。柔襞が歓喜に戦慄《わなな》き、きゅうきゅう雄茎を締めつけた。絶頂の極みでつかのま意識が途切れ、ダフネはくたりと彼にもたれて荒い息を洩らした。

「はッ……ぁン……」

　下腹部がひくひくと痙攣《けいれん》し、時折びくんッと大きく身体が揺れる。爪先までじんわりと痺《しび》れて力が入らない。フレドリックは静かにダフネを横たえ、ゆっくりと己を引き抜いた。くちゅん、と彼が出て行く感覚に、充足感と切なさを覚えた。

「……愛してるよ、ダフネ」

　優しい囁き声に微笑んで彼を抱きしめる。

「わたしも愛してる……」

　やっと、彼と本当の伴侶になれた気がした。

第七章　Shadow Garden ～影に踊れば～

それからしばらくの間、穏やかな日々が続いた。フレドリックに愛されていると実感したことで、妻としての自信も付きはじめた。それまではどうしても気後れしてしまって、堂々としていなさいと言われてもできなかった。

フレドリックはダフネを心から愛している。頼りになる夫で、今も変わらず情熱的な恋人だ。義務感からではなく、彼の愛と信頼に応えたいという欲求が芽生えると、自然と気持ちも前向きになれた。

家政婦のドナに自分の想いを伝えると、フレドリックに長く仕えている彼女は感激した表情で目頭を押さえた。

「そのお気持ちが一番ですよ。旦那様には支えてくれるひとが必要なんです。互いに想い合うひとがね……。奥様が旦那様と結婚してくださって本当によかった」

ドナだけでなく、侍女のミアも心強い味方だった。折々訪ねてくるオリヴィアも、キャロライン同様姉のような存在だ。両親を失って以来、自分の家にもかかわらず厄介な居候のように扱われていたダフネは、ようやく『家族』のぬくもりを取り戻せたように感じた。

いずれ、この輪に小さな天使が加わることだろう。その日が待ち遠しい。

ウィリバーン・ホールでの生活になじむにつれて、最初はあまりの壮麗さに圧倒されるばかりで、どこか客人のような気分だった館や庭園にも自分の居場所としての愛着を覚えはじめた。特にフレドリックの祖先や母親が丹精込めて作り上げた美しい庭園には誇らしさも感じ、暇さえあれば庭を散歩した。

ただ不思議なことに、完璧に手入れさせているにもかかわらずフレドリックはこの庭があまり好きではないようだった。かといって造形や配置に不満があるのではなく、本館の窓からぼんやりと庭を眺めていることもよくあった。そんなとき彼の端整な顔は憂愁の翳《かげ》に覆われる。

屋敷内の骸骨《ファミリースケルトン》。彼はいつかそう呟いていた。それが何なのか、今もってダフネにはわからない。ただそういうときは彼の側に寄り添い、一緒に庭を眺めた。そのうちに彼は我に返ったように微笑んで、ダフネに優しくキスしてくれる。そして、腕を組んで散歩に出る。

迷路園《メイズ》も案内してくれた。通路は背丈よりずっと高い生け垣で囲まれていて、少し歩いただけですぐに方向感覚がなくなった。ひとりでは絶対に迷う。まさか白骨にもならないだろうが、抜け出すのに相当の時間がかかりそうだ。

迷路の中心には古い井戸があった。もう使われてはおらず、木製の蓋で覆われて、装飾的な鋳鉄の枠からつり下げられた水汲《みずく》み桶《おけ》には花が植え込まれている。

フレドリックと並んで井戸縁《いどべり》に腰掛け、ダフネはこわごわと背後を窺った。

「蓋が外れたりしないかしら……」

「地面すれすれまで土を入れて埋めてある。万が一外れてもケガする心配はないよ」

ダフネはようやく安堵《あんど》して夫にもたれた。フレドリックはダフネの肩を抱き寄せ、優しく唇を重ねた。ちゅくちゅくとついばむような音を立てて唇を吸われ、心地よさにうっとりする。滑り込んできた舌をダフネは素直に受け入れた。

「ん……ふ……」

舌を絡めながら吸われて甘えるような鼻息を洩らすと、フレドリックはかすかに笑ってさらにダフネの口腔をまさぐった。彼の手が背中を撫で、ほっそりとした腰をさする。ダフネは瞳を潤ませて喘いだ。

「ぁ……、フレッド……。だめよ」

静かに息づいていた熾《おき》を燃え立たせるように、昨夜の官能の名残を刺激され、ダフネは夫の肩を揺すった。

「……きみが欲しい」

熱っぽい囁きにダフネは顔を赤らめた。

「ここで……?」

「そう。いま、ここで」

ダフネを魅了する美しい青磁色の瞳が誘惑の艶をおびる。途端に鼓動が速くなってダフネは喘いだ。

「だ、だめよ。誰かに見られるわ」

「誰もいないよ」

彼は笑ってダフネの唇をふさいだ。

「ン……、でも……っ」

溺れるようなくちづけに困惑しながら抗《あらが》うと、彼はダフネの手を取って己の下腹部に押し当てた。そこはもう固く猛っていた。びくりと指をこわばらせたものの、耳元で聞こえる熱い息づかいにどきどきしてしまい、そろそろと手を這わせる。

「……鎮めてくれるね？」

艶美な瞳で優しく見つめられると、もう逆らうことはできない。ダフネはこくっと頷いた。促されるまま、井戸をふさぐ板の上に後ろ手をつく。板は厚く頑丈な木材で作られていて、ダフネの体重がかかっても軋《きし》みもしなかった。

フレドリックはダフネのアフタヌーンドレスの裾をめくり、レースで縁取られたドロワーズを引き下ろした。明るい戸外で秘処を剝《む》き出《だ》しにされる感覚にクラクラする。ドレスの陰になってはいても、彼の目には黒褐色の下生えも、その奥で息づく薔薇色《ばらいろ》の媚肉もはっきりと見えているはずだ。

「ん……ッ」

指先でそっと花芽を突《つ》つかれ、ダフネはびくりと身悶《みもだ》えた。昨夜も執拗《しつよう》に愛された身体は、些細《ささい》な刺激にも過敏に反応してしまう。媚びるように蜜がにじんでくるのを感じ、ダフネは赤面した。

くちゅ……、と指先が秘裂を滑る。ダフネは喘ぎを殺そうと唇を噛んだ。彼の甘いくちづけと視線だけで、すっかり濡《ぬ》れてしまっているのが恥ずかしい。フレドリックはかすかに笑い、なだめるように唇を重ねた。

「可愛いよ、ダフネ。我慢せずに声を出していい」

「で、も……っ」

「聞いているのは僕だけさ」

「……っん」

ずくりと蜜壺が疼き、ダフネは反射的に睫毛を閉じ合わせた。視界が閉ざされると、自分の喘ぎ声と彼の熱っぽい吐息がひどく鮮明に聞こえ、否が応にも羞恥と昂奮《こうふん》が高まる。

「…………？」

ふと、視線を感じた気がしてダフネは薄目を開けた。視界に入るのはフレドリックの美しい金髪の他は、緑の生け垣と薄曇りの空だけだ。

気のせい、と思った瞬間、はっきりと強い視線を感じ、ダフネは産毛が毛羽立つような戦慄を覚えた。

「——あぅっ……！」

同時にはち切れそうな太棹をずぷりと挿入され、衝撃が戦慄を覆い隠してしまう。反射的に彼の肩にしがみつくと、密着した腰をずくずくと突き上げられ、たちまち愉悦にすべてが塗りつぶされた。

「あッ……、はぁ……ん」

抽挿に合わせて淫らに腰を振りながら、ダフネは濡れた睫毛をぼんやりと瞬いた。

（誰か……見てる……？）

怖い。でも、繋がった身体は蕩《とろ》けるように熱くて……。穿《うが》たれるたびにますます熱く、淫らに花開いてゆくかのよう。

剥き出しになった自分の膝が、フレドリックのスマートなラウンジスーツをきつく挟み込んでいる。背徳的なその光景にぞくぞくして喘いでいると、刺すような強い視線をはっきりと感じてダフネは竦《すく》み上《あ》がった。

「……どうしたの？」

身体のこわばりを感じたのか、蜜路を穿つのを止めてフレドリックが尋ねる。

「誰かに……見られてるみたい……」

「誰もいないよ。庭師だって遠慮するだろう」

「でもこんなことしてるの見られたら……やっぱり恥ずかしいわ」

今更うろたえてダフネは周りを見回した。生け垣の向こうは見渡せないけれど、覗かれている感覚はもう消えていた。

「悪いことをしてるわけじゃないだろう？　僕らは夫婦なんだ」

くすりと笑ってキスすると、彼はふたたび律動を刻みはじめた。すぐさま愉悦に捕らわれてダフネは彼にしがみついた。

「んっ、あっ、あぁん……」

抑えきれず甘い吐息がこぼれる。ダフネの肩口に唇を押し当て、彼は呟いた。

「……覗《のぞ》いていたのは僕かもしれないな」

「え……？」

「子供の頃……、この迷路で遊んでいたら、奥から声が聞こえてきた。誰だろうと覗いてみたら……、男と女が絡み合っていた。今の僕たちみたいにね」

「……ッ」

ぐりっ、と先端を奥処に突きたてられてダフネは息を詰めた。

「誰……だったの……？」

「女は母だった。男のほうは背を向けていたが……父ではなかったな」

「……！」

「僕はほんの子供で……、ふたりが何をしていたのか実際に理解したのは何年も経《た》ってからだ。それでもわからないなりに、ひどく背徳的な行為だと感じたよ」

「……それが、屋敷内の骸骨《ファミリースケルトン》……？」

彼は答えず、ただ強くダフネを抱きしめた。ダフネは彼の髪をそっと撫でた。

「わたしたちは夫婦なのよ。愛し合うのはいけないことじゃないわ。そうでしょう？」

「ああ、そうだ……」

彼は呻き、ダフネに頬をすり寄せた。

「わたしはあなたの妻よ。好きなように愛していいの」

「ダフネ……っ」

フレドリックの動きが激しさを増す。たちまち快楽に没入し、ぼんやりとした視界のなか、ダフネは生け垣の向こうで赤い影が動いたように思った。

(やっぱり誰かが見てる……?)

ぞくりと背中が戦《おのの》いて、夫にすがりついた。ぞっとしながらも彼を受け入れた蜜壺は熱く疼いて止まらない。

赤い影……。赤い……髪……?

――モイラ。

いいえ、まさか。そんなはずないわ。だって彼女は亡くなったんだもの。

消えて。あなたはもういない。フレッドはあなたを愛していなかった。一度も愛さなかった。

彼が愛しているのはわたしだけよ。わたしたちは愛し合ってる。こんなふうに……。

あなたは過去の幻影。割り込まないで。

彼はわたしのものよ……‼

絶頂のさなかで上げた自分の声が、別の女の嘆きのように聞こえる。かさり、とどこかで忍びやかな葉擦れの音がした。

数日後。ダフネは居間の書き物机で何通かの手紙を書きおえるとメイドを呼んだ。顔を出したのはケリーという名の年若いメイドだった。ダフネには侍女のミアの他、雑用をするためのメイドが数名つけられており、その時々で手の空いているものが応対する。

「お茶をいただける？」

「はい、ただいま。奥様」

ケリーはちょこんと膝を折って退出し、まもなく茶器類を載せたトレイを運んできた。ダフネはメイドを下がらせてのんびりと紅茶を飲んだ。だいぶ慣れてはきたものの、まだ始終誰かに側についていられるとどうも落ち着かない。

紅茶を一杯飲み終えると、くつろいだせいかあくびが出た。急に瞼《まぶた》が重くなる。フレッドは所用で近くの町へ出かけていて帰宅は夕方になると言っていた。

少し仮眠しておこうとクッションに寄り掛かる。目を閉じた途端、強い眠気に襲われた。コトン、と倒れるようにダフネは眠りに滑り落ちた。

……カチャカチャと陶器が触れ合う音がする。

（ケリーが片づけに来たのかしら……）

ダフネは薄目を開けた。起きなければと思うのに眠くて起きられない。身体を起こそうにも、何故か鉛のように重たくて指先すら持ち上げられなかった。

やっとのことで半分だけ開いた瞼の隙間から見えたのはケリーではなかった。他のメイドでもない。もう午後だからメイドは立ち襟の黒い制服ドレスに白いエプロンのはず。だが、ぼんやりした視界に映ったのは華やかなアフタヌーンドレス姿の女性だった。

（――オリヴィア……？）

遊びに来てくれたの？　早く起きなきゃ。ああ、どうしてこんなに頭が朦朧《もうろう》とするのかしら……。

眉根に力を込め、ダフネはふと違和感を覚えた。オリヴィアの髪は落ち着いた栗色《くりいろ》だ。しかしティーカップを手にした女の髪は赤かった。炎のように赤く、渦巻いている。

その女はダフネの向かいに座り、静かに紅茶を飲んでいた。カップを口許《くちもと》から外すと、真っ赤な唇がきゅうと三日月形に吊《つ》り上《あ》がった。毒々しいほどに鮮やかな、赤い唇。そして、渦を巻きながら胸元に落ちかかる赤毛――。

（モイラ……？）

声に出して呟いたのだろうか。赤い唇がゆがんで、嘲笑のかたちになった。

（夢だわ。わたしは夢を見てるのよ）

かぶりを振って幻覚を追い払おうとしたが、頭はクッションに沈んだまま動かない。赤毛の女はゆっくりと紅茶を飲み干した。どういうわけか女の顔は見えなかった。毒虫めいて艶《あで》やかな鮮紅色の唇と、炎のように渦巻く赤毛、光沢のあるコバルトブルーのドレスだけがギラギラと輝いて見える。

女は銀のポットを取り上げてカップに紅茶を注いだ。静かな水音とともにふわりと湯気が立ち上る。ふたたび強い眠気に襲われ、頭がぐるぐる回るような眩暈《めまい》がした。ダフネは昏倒《こんとう》するように眠りに引き込まれていった。

目が覚めると部屋には誰もいなかった。茶器もそのままだ。

ぼんやりと身を起こし、何気なくティーカップに目を遣ってぎくりとする。カップが反対向きだ。しかも唇が触れる部分に赤い汚れがついていた。

反射的に口許を押さえた。ダフネはほとんど口紅を使わない。つけるとしてもごく薄く、それも外出のときだけだ。当然、今はつけていない。

震える手でカップをこちらに向けると、外側にはよりくっきりと唇の跡が残っていた。

（やっぱり……、わたしの口紅じゃないわ）

だが、他に口紅を使う人間は思い当たらない。侍女のミアもメイドたちも仕事中に化粧などしないし、大体、主人の使っているカップでお茶を飲むわけがない。

試しにポットを持ち上げてみると、ほとんど空だった。ダフネは一杯しか飲んでおらず、あと二杯分くらいは入っていたはずだ。

急に怖くなってダフネは中庭に飛び出した。何度も深呼吸を繰り返して動悸《どうき》を鎮めると、色合いの異なる灌木《かんぼく》で作られた結び目庭園《ノットガーデン》を横目で眺めながら砂利の敷かれた通路をのろのろと歩きだした。

ふいにどこからか強い視線を感じて竦《すく》み上《あ》がる。周囲の建物をこわごわ見回したが、どの翼棟にも人の姿はなかった。もっとも、カーテンの陰に隠れていたら、ここからは見えないが……。

ふとダフネは気付いた。西翼は使っていないはずなのに、窓が開いている。一瞬不審を感じたが、使っていなくても空気の入れ換えくらいして当然だとすぐに思いなおした。

（……神経質になってるのね）

新しい生活にも慣れ、それまで気を張っていた反動で疲れが出てきたのかもしれない。先日、迷路園《メイズ》で覗かれているような気がしてから、奇妙な視線を感じることが多くなった。

それとなくフレドリックに訴えてみても気のせいだと取り合ってもらえない。疲れているんだろう、そんなにがんばらなくていいんだよ、と優しく抱き寄せられて額にキスされると自分でもそうかもしれないと思えてくる。

愛するフレドリックを煩わせたくなかったし、不満でもあるのかと誤解されたくはないので、気にしないよう努めた。それでもやはり視線を感じて反射的にきょろきょろしてしまい、侍女に不審がられて気まずい思いもした。

（さっきのは絶対気のせいじゃないわ）

カップについていた口紅の跡。減っていたポットの中身。

赤毛の女性はただの幻覚、うたた寝の夢だったかもしれないけれど、それらは現実だ。現実ならば、確かに誰かがダフネを陰から窺《うかが》っている。

意を決して居間へ戻ったが茶器はすでに片づけられていた。勢い込んで来ただけに気が抜けてぼんやり突っ立っていると、通りがかった執事に声をかけられた。

「奥様？　どうかなさいましたか」

「あ……、わたし、お茶を飲んでいたのだけど……、下げられてしまって」

「それは申し訳ございません。すぐに新しいものをご用意いたします」

「いえ、いいの。ただちょっと、気になったことがあって……」

「お好みに合いませんでしたか？」

「そんなことないわ。とっても美味《おい》しくいただきました。――あの、ランディ。わたし実は少しうたた寝をしてしまって……、その間に誰か、お客様がいらしたんじゃないかと……」

老執事は孫娘に対するような慈愛の笑みを浮かべた。

「いいえ、奥様。どなたもお見えにはなりませんでした」

「そう……」

ダフネは顔を赤らめた。子供っぽいことを言ってしまったと恥ずかしくなる。

「お茶をお持ちしましょうか？」

「いえ、いいわ。ありがとう。――旦那様は予定どおりお戻りになるかしら」

「今のところ変更の知らせはございませんので、ディナーまでにはお戻りかと」

「そう。――わたし、自分の部屋にいます。何かあったら知らせてね」

「かしこまりました」

執事と別れ、ダフネは自室へ戻った。何だか急に疲れを覚えたけれど、もう横になる気にはなれなかった。

あれも夢の一部だったのだろうか。茶器を片づけたメイドを問いただすのは簡単だが、口紅の跡がついていたと聞くのが怖かった。

(夢を見たのよ。紅茶は自分で飲んだの。半分眠っていて覚えていないだけだわ)

懸命に自分に言い聞かせる。でも、本当に赤毛の女があの場にいて、眠る自分を見ていたのだとしたら……?

(そんなはずないわ! モイラは亡くなったのよ)

——まさか……、彼女の幽霊……?

ぞっとして震えだした自分の身体を押さえつけるように抱きしめる。

(モイラの幽霊が出るなんて、聞いたこともないわ!)

いや、出るとしても、後妻の自分にわざわざ教えはしないだろう。もし、あれが本当にモイラの幽霊だとしたら、視線の正体も……?

視線を感じ始めたのは、フレドリックに愛されているとダフネが確信してからのことだ。もしかして、彼の愛をダフネに奪われたとモイラの霊が怒っているのだろうか。

(——まさか! 考えすぎよ。それこそ妄想だわ)

やはり疲れて神経過敏になっているのだ。モイラについての話の断片が、うたた寝のぼんやりした頭でごちゃごちゃになって出てきただけだ。

「奥様、お手紙が届きました」

侍女が小さな銀のトレイに手紙を載せて運んでくる。びくっと顔を上げると、ミアは驚いて目を瞠《みは》った。

「まぁ、奥様。どうなさったんです？　真っ青ですわ」

「な、何でもないわ」

ダフネは急いで手紙を取り上げた。キャロラインからだ。添えられたペーパーナイフで封を切って読み始めると、すぐに彼女の生き生きとした笑顔が脳裏に浮かんでホッとした。

最近のロンドンの様子などが彼女らしい口ぶりで面白おかしく綴《つづ》られている。何度も読み返しているうちに気分も落ち着き、実体のない影に怯《おび》えていた自分に苦笑してしまった。

「そろそろお召し替えなさいますか？」

「そうね」

ミアに声をかけられてダフネは頷いた。ディナードレスに着替えて髪も直さなくては。

服のコーディネートは基本的にミアに任せている。ダフネの希望を聞いていくつか組み合わせを考え、そのなかから選ぶのだ。ミアはとてもセンスがいいので、まだまだ不慣れなダフネはとても助かっている。

「今日はどれにいたしましょう。まだ袖を通していないドレスもございますし、お客様もいらっしゃらないから少し冒険してみましょうか。——あら？」

「どうしたの？」

「こんなドレス、あったかしら……」

怪訝《けげん》そうなミアの声に振り向いて、ダフネはぎくっとした。彼女が首を傾げながらクローゼットから取り出したのは、光沢のある鮮やかなコバルトブルーのドレスだった。

うたた寝の『夢』で見た、赤毛の女が着ていたドレス――。

「旦那様の贈り物でしょうか。――でも新品じゃありませんね、これ。何度か着たみたい」

「……わたしのじゃないわ」

「奥様？」

「わたしのじゃない……‼」

真っ青になって叫ぶと、ミアは急いでコバルトブルーのドレスをクローゼットに戻した。代わりに明るいローズピンクにアイヴォリーのレースをあしらったドレスを出して、取りなすように微笑んだ。フレドリックから贈られたもので、ダフネもとても気に入っている。

「では、こちらはいかがでしょう」

ダフネは顔をこわばらせたまま頷いた。髪を直してもらいながら鏡のなかの自分を見つめる。我ながらひどい顔色だ。唇も血の気が失《う》せていて、紅を使おうかと思ったが、カップについた口紅を思い出すと怖くなった。

唇をそっと噛んで赤みをつけ、ダフネはそそくさと階下へ降りた。

居間でフレドリックの帰りを待つ間、ほんの少しだけシェリーを飲んだ。何だか冷えてたまらず、執事に頼んで暖炉に火を入れてもらった。

マントルピースの上の鏡を覗《のぞ》き込《こ》んで、顔色を戻そうと頬をさすっているうちにフレドリックが戻ってきた。ホッとしていつもどおり笑顔で出迎えたつもりだったのに、彼は軽く眉をひそめて気づかわしげにダフネを見つめた。

「どうしたんだい？　震えているじゃないか」

「あ……、少し寒くて」

フレドリックはダフネの手を握って顔をしかめた。

「ずいぶん手が冷たい。夜は冷えるようになってきたから、寒かったら遠慮なく言うんだよ」

「ええ、ランディに頼んで暖炉に火を入れてもらったわ」

「寝室も暖めておいたほうがいいな」

彼はメイドに指示を与えると、ダフネの腰を抱いて晩餐室《ばんさんしつ》へ入った。コバルトブルーのドレスについて質《ただ》すべきかどうか、ダフネは迷った。贈り物ならそう言うだろうに彼は黙っている。それともダフネが切り出すのを待っているのだろうか。

（違うわ。あれは誰かが着たものだってミアが言ってたもの……）

フレドリックが古着など贈るはずがない。それに、ああいう目が覚めるような鮮やかな色彩の服をダフネが好まないのは彼も知っている。

考えるほどに怖くなるからやめようと思うのに、気がつけばあのドレスが頭に浮かんでいた。

毒々しいほど鮮やかな青いドレス。炎のような赤い髪。毒虫めいた真っ赤な唇――。

「……ネ。ダフネ？」

強い口調で呼ばれ、ダフネはハッと我に返った。フレドリックが眉間にしわを寄せてじっと見つめている。うろたえた拍子に手にしていたカトラリーを落としてしまった。控えていた従僕《フットマン》が即座に拾い上げ、新しいものをセットする。

「ご、ごめんなさい……っ」

「さっきから上の空じゃないか。何かあったのかい?」

ダフネはふるっとかぶりを振った。

「何でもないの。昼間、うたた寝をして変な夢を見たものだから……、気になって」

「どんな夢?」

「その……思い出せなくて……」

「そんなことを気にしてるの?」

苦笑されてダフネは顔を赤らめた。子供っぽいと思われたほうが、たぶんいいのだ。亡くなった前妻の夢を見たなどと言ったら、気づまりに感じるだろうし……。

夕食後、身体を温めたほうがいいと勧められてお風呂に浸《つ》かった。暖炉にかざしても冷たさがとれなかった手足がじんわりと温かくなって気分がほぐれてくる。

湯から上がり、髪を梳《と》かそうとドレッサーの前に座った。何気なくブラシを手にして、ダフネはぞっとした。白い馬毛のヘアブラシに、長い髪の毛が一本絡んでいた。黒褐色《ブルネット》のダフネの髪とはまるで違う、赤い……燃えるような——。

「……いやぁっ」

悲鳴を上げてブラシを放り出す。ベッド周りを整えていたミアが驚いて飛んできた。

「奥様⁉　どうなさいました」

ミアは床に落ちたヘアブラシを拾い上げ、眉をひそめた。

「あら……？　この髪……」

「わたしじゃないわ！　誰かが使ったのよ！」

いつになく狼狽《ろうばい》して声を張り上げるダフネの姿に、ミアは目を丸くした。そこへ悲鳴を聞きつけたフレドリックが顔を出す。

「どうかしたのかい？」

「フレッド！　誰かがわたしのブラシを使ったの！」

抱きついて叫ぶと、フレドリックは面食らった顔になった。

「ブラシ？　きみのブラシを勝手に使う者なんているわけないだろう」

「でも、髪が……っ、わたしのじゃない髪の毛がついてるわ！　きっとあのひとよ！　あのひと……怒ってるんだわ……！」

「何を言ってるんだ」

「だってドレスが……！　夢で見たドレスがクローゼットにっ……」

叫び続けるダフネをなだめながら、フレドリックは視線でミアに説明を求めた。ミアはハッとなってそわそわとクローゼットを振り返った。

「あ、あの……。見慣れないドレスがございまして……」

「どれだ？」

苛立《いらだ》った口調で問われ、ミアは急いでクローゼットを開けた。

「あら……⁉　おかしいわ」

「どうした」

「そのドレスが……ないんです……」

ダフネは真っ青になってフレドリックにしがみついた。

「あるはずよ！　だってわたし見たもの。ミアだって見たでしょう⁉」

「はい、奥様。確かに」

「どんなドレスだ？」

「光沢のあるコバルトブルーのドレスです」

「僕はそんなもの贈ってないぞ。ダフネだって作っていないはずだ」

「はい、旦那様。奥様がお求めになったものではございません」

きっぱりとミアは言い切り、ダフネは少しホッとした。少なくとも自分の幻覚ではない。

「今はないんだね？」

「ここに下げておいたのですが……。誰かが片づけたのかしら。頼んでもいないのに」

ミアは不審そうに首を傾《かし》げた。ダフネの衣類の管理は侍女であるミアの仕事だ。勝手に服が現れたり消えたりするということは、誰かがミアの領分に入り込んでいるということになる。

フレドリックはミアに持ってこさせたブランデーをダフネに飲ませ、背中をさすった。

「今日はもう下がっていいよ、ミス・カービー」

ためらうミアに頷きかけ、ダフネはもう一口ブランデーを飲んでホッと息をついた。

「誰がこんな悪戯《いたずら》を……！」

腹立たしげな声に顔を上げると、フレドリックは取り上げたブラシを睨《にら》んでいた。ドレスは消えていたが、ブラシには確かに赤い髪の毛が一本絡んでいる。

彼は髪を摘んで引き抜き、屑籠《くずかご》に捨てた。目の端でそれを眺めてダフネは呟いた。

「……モイラの髪だわ」

「馬鹿な！　彼女は死んだんだ。誰かの悪戯に決まってる。ドナに言って誰がやったか突き止めさせよう。即刻解雇してやる」

「モイラが戻ってきたのよ。あのドレスだって……」

「不心得者の悪戯だよ。気にすることはない」

「でも見たの！　夢で見たドレスだったわ。——いいえ、夢じゃなかった……！」

「夢？」

うたた寝で見た夢のことを話すと、フレドリックは不機嫌そうに鼻を鳴らした。

「馬鹿馬鹿しい。モイラのことをいろいろと想像したせいでそんな夢を見ただけだ」

「でもカップに口紅がついていたわ。夢のなかでモイラが着ていたドレスがクローゼットにかかってるし、ブラシには髪が……」

「誰かの悪戯だ！　死んだ人間にそんな痕跡が残せるわけないじゃないか、……っ」

苛立った口調で断言したフレドリックが、いきなり息を呑む。

「どうしたの?」

「……なんでもない」

彼は一瞬目を泳がせ、憮然《ぶぜん》とした調子で答えた。すでに動揺は消えていたが、何か隠しているように思えてならない。

フレドリックは表情をやわらげ、機嫌を取るようにダフネの目元にくちづけた。

「気にしないのが一番だ。もちろん犯人は探すけど、動揺を見せれば調子に乗ってまた悪戯を繰り返すかもしれない。きみはウィリバーン・ホールの女主人として堂々としていればいい。わかったね?」

「ええ……」

完全に納得できたわけではないが、ダフネは頷いた。温かな胸元にしっかりと抱きしめられながらも心の奥に暗いトンネルが開いているような気がしてならなかった。

トンネルの入り口に佇《たたず》んでいるのは鮮やかなコバルトブルーのドレスを着た赤毛の女だ。顔は見えず、ただ赤い唇だけが嘲りの笑みを浮かべている。

(——モイラは本当に死んだのかしら)

埒《らち》もない考えが、ふと脳裏に浮かんだ。夢でも幻覚でもなく彼女は本当にダフネを『見て』いるのかもしれない。折に触れて感じる視線の主は『生きた』モイラなのでは……?

ぞくっ、と震え、ダフネはフレドリックにしがみついた。彼は影におびえる子供をなだめすかすようにダフネの背を撫《な》でさすり、優しいキスを顔中に振らせた。

今までは、それだけですっかり安心できたのに……。今日は甘やかされるほどに彼が何かを隠しているのではないかという疑念ばかりが黒々とふくらんでいった。


翌日、おそるおそるクローゼットやドレッサーを確かめてみたが、不審なものは見当たらなかった。ホッとしつつ、悪戯だったという確信もまだ持てない。

朝食後、フレドリックは家政婦を書斎に呼んで、昨日の出来事を話した。二度とこのようなことがないようにと厳命されるドナの困惑顔に、ダフネはひどく申し訳ない気分になった。やはり昨日の出来事は単なる思い過ごしだったのではないかと思えてくる。

「僕としてはダフネが夢を見ただけだと思いたいのだが、ドレスはミス・カービーも目撃しているし、髪の毛は僕も確認した」

「恐れながら旦那様、そのような悪戯をする者が当家の使用人にいるとはとても……」

「うん、忠実な者たちばかりだと思っているよ。……ただ、忠実も度が過ぎれば困ったことになりかねないからね」

フレドリックの言葉に、ドナの顔がこわばる。

ふたりが意味ありげな視線を交わしたように思えてダフネは自分が情けなくなった。昨日からすっかり疑心暗鬼になってしまっている。

ドナは意気消沈するダフネにいつもどおり温かく善良なまなざしを向けた。

「奥様、何か気になることがございましたら、どんなことでも仰《おっしゃ》ってくださいまし」

「ありがとう……」

「カップの件は洗い場《スカラリー》メイドに確認しておきます」

「ええ、あの……、それは本当に夢だったかもしれないわ」

「どちらにせよはっきりさせておいたほうがいい。夢ならそれでよし、本当に口紅がついていたなら、誰かがきみを脅かしたということだ。そうであれば僕は絶対許さない」

家政婦が退出すると、フレドリックは傍らに立っていたダフネの手を引いて膝に座らせた。

「怖がらないで。ここはもうきみの家なんだから」

ダフネは頷き、ためらいがちに尋ねた。

「あの……、モイラさん付きのメイドはまだお屋敷に残っているのかしら」

「いや、専属の侍女には紹介状を書いて暇を出した。補助に付いていたメイドは残っているが……、僕が知るかぎり、モイラに心酔していた者などいないと思う。彼女は……扱いづらい人物だったからね」

フレッドは言葉を選びながら言いにくそうに呟いた。

「コバルトブルーのドレス……、持ってた?」

「持っていたような気もするな。彼女は派手な色が好きだった。仲が冷えるにつれてますます派手になって……。僕はもう彼女が何を着ようが関心がなかったんで、よく見てなかったが」

(……だから派手になったのかもしれないわ)

　ぼんやりとダフネは思った。モイラがフレドリックを愛していたのかどうかはわからない。だが、フレドリック以上にプライドが高かったという彼女は、夫に無視されることを受け入れられなかったのかもしれない。たとえ自分から彼を拒否したのだとしても。

「モイラの服は全部処分したはずなんだ。服だけじゃなく、彼女の持ち物はすべて捨てるか実家に送り返した。冷たいと思われるかもしれないが、一刻も早く彼女の痕跡を消したくて……。疑いを招いたのも自業自得だな」

　自嘲気味の呟きを聞いて、ダフネはそっと彼にもたれた。

「……わたしが死んだら……」

「妙なことを言いだすんじゃない！」

　キッと睨まれ、ダフネは身を縮めた。

「ご、ごめんなさい！　……ただ、あなたに忘れてほしくなくて……っ」

「そんなこと言わないでくれ。僕たちはまだこれからだろう？」

　そうね、と頷き、ダフネはお詫《わ》びの意味を込めて彼の唇にキスした。

「ダフネ……。ずっと僕の側にいてくれるね……？」

「ええ、もちろんよ」

　ダフネは微笑んで彼を抱きしめた。ずっとこうして寄り添っていたい。

　モイラ。わたしはあなたよりもずっと、彼を愛しているという自信があるの。だから、あなたの幻影なんかに負けないわ――。

午前中の用事を済ませて一息ついていると、浮かない顔で家政婦がやってきた。

「奥様。洗い場メイド《スカラリー》に確認したのですが、昨日奥様がお使いになった茶器に口紅は付いていなかったそうです」

「……そう」

一瞬顔をこわばらせたダフネは、気を取り直して微笑んだ。

「ありがとう、ドナ。やっぱり寝ぼけていたのね。ごめんなさい、変なこと言って」

「いえ……」

ドナはちょっとためらいながら尋ねた。

「あの、奥様。つかぬことをお伺いいたしますが……」

「なぁに?」

「ひょっとしておめでたなのでは……?」

ダフネは目を瞠り、パッと赤面した。

「まぁ、ドナ。どうして?」

「いえ……、身ごもると思わぬところに変調が出るものですし、そのせいで急に眠くなったり、おかしな夢を見たのかと」

「……どうかしら。わからないわ。たぶん……まだ授かってはいないと思うけど」

「そうですか。大変失礼いたしました」

「いえ、いいのよ。……自分でも、ちょっと神経質だな、とは思ってるの。やっぱり、こんな大きなお屋敷の女主人だなんて、わたしには荷が勝ちすぎるのね」

自信なげに微笑《ほほえ》むと、ドナはびっくりして手を振った。

「まぁ、奥様。そんなことございません！　こんなことを申し上げては何ですが……、前の奥様は、ひどくいいかげんでございましたよ。こちらにすべて任せると仰ったのに、後になって気に入らないと不平不満を並べ立てることもたびたびで……。奥様はきちんと確認してくださいますから助かります」

ドナは口が過ぎたと思ったのか、気まずそうな顔で『すみません』と詫びた。

「ねぇ、ドナ……。旦那様はわたしに何か隠し事をなさっているんじゃないかしら」

思い切って訊《き》いてみると、家政婦はぎくりと顔をこわばらせた。

「さ、さぁ。わたくしにはわかりかねます」

慌てて一礼して逃げるように退出する家政婦を見てダフネは確信した。

（絶対、何か隠してるわ！）

でも、何を？　モイラがこの屋敷で亡くなったことは秘密でもなんでもない。フレドリックが彼女の死に責任のないことはわかっているし、ドナも断固としてそう主張していた。ならば何を隠しているのだろう？

しばらくダフネは居間のなかを意味もなく行ったり来たりした。フレドリックを問い詰めるのは気が進まないが、隠し事をされるのはもっといやだ。信用されていないと感じるのはすごくつらい。

彼の力になりたくて、彼の側で支えたくて結婚したのに。ただ優しく甘やかされているだけでは年端もいかない子供と同じだ。人生の伴侶とはとても言えない。

単なる好奇心で聞きたいわけではないのだ。話したくないというのなら、せめてその理由が聞きたかった。

喧嘩《けんか》になってもやむなしと心を決め、ダフネは書斎へ向かった。家にいるときは大抵、彼は領地経営や海外資産の報告書や帳簿に目を通している。忙しそうならまた後にしよう……と、書斎に近づくにつれ早くも及び腰になってしまう。

書斎の扉は半分開いていて、覗いてみるとフレドリックは窓のほうを向いて椅子にもたれていた。デスクの前に執事がぴしりと背筋を伸ばして立っている。何となく緊張した雰囲気を感じて、ダフネは頭を半分引っ込めた。

「——僭越ながら、いつまでも伏せておくのはいかがなものかと存じます」

ランドルフの重々しい声が聞こえ、ダフネは扉の陰で眉をひそめた。

(何のこと……?)

しばらくして、フレドリックのかすかな溜息《ためいき》が聞こえてくる。

「わかってる。もっと早く打ち明けるべきだった。だが、どうも気が進まなくて……、一日延ばしにしているうちに、ますます話しづらくなってしまった」

「旦那様……」

フレドリックに劣らずランドルフの声も悩ましげだ。

「……あれは苛立っているのだろうな。だからこんな子供じみたまねを」

「お話しされれば落ち着かれるかと」

「そうだな……。わかってはいるんだが、見るのがどうもつらくてね……」

「旦那様の責任ではございませんよ」

慰めるようにランドルフは囁いたが、それに対するフレドリックの答えは聞こえなかった。

「――彼女にはいずれ話す。それまでは、ともかく注意していてくれ」

「かしこまりました」

執事が出てくる気配に、ダフネは慌てて扉から離れた。物陰から窺っていると、ランドルフは室内に向かって一礼して扉を閉め、静かに廊下を歩いていった。ダフネは不穏にドキドキする胸を押さえた。

（いったい何の――誰の話をしていたの……？）

ひとつわかったのは、この屋敷にはダフネの知らない住人がもうひとりいるらしいということ――。

謎はさらに深まり、ますます聞きづらくなってしまった。立ち聞きしたのが後ろめたく、どのように切り出していいのかわからない。『彼女』が自分を指しているのか、それとも別の誰かのことなのか……。いったい誰が苛立っているというのか。

少し頭を冷やそうとダフネは庭へ出た。犬は二匹とも昼寝でもしているのか姿が見えない。ぼんやりと鍵穴型の門を抜け、足の向くままに歩いていたダフネは、視界をよぎった影にぎくっと顔を上げた。

鮮やかな青いドレスの裾がひるがえったように思えたのは気のせいだったろうか。庭は生け垣やレンガ塀で蜂の巣のように区切られており、通路の途中には必ずオーナメントやトピアリーが飾られていて見通しが利かない。

ざくっ、とどこかで砂利を踏みしめる音が聞こえた。全然違う方向から、くすくすと嘲るような笑い声が響く。

焦って周囲を見回すと、また視界の隅にコバルトブルーのドレスが映った。炎のようになびく赤い髪の毛も……。

「──ッ」

ぞっと背中が冷え、同時に憤怒が心の奥底から奔流となって沸き上がった。

何か重大なことが隠されている。ダフネだけがそれを知らず、ただ小さな木の葉のように翻弄されているのかと思うと腹が立った。

「──モイラなの……⁉」

頭に来てダフネは叫んだ。答えはない。ただ、嘲笑の気配を感じた。嘲り、憐れんでいるかのような忍び笑い。まるで毒虫の羽音のよう。それともこれは全部幻覚なのか……。

ひらり、とまた視界の隅で誘うように青いドレスがひるがえる。ダフネはギリッと奥歯を噛《か》みしめ、意を決して後を追った。

青いドレスは視界から消えたかと思うとあらぬ方向からふたたび現れた。ダフネはドレスの裾をからげ、息を切らしながら引きずり回されるように庭園を行ったり来たりした。

くすくすと耳障りな笑い声がすぐ側で聞こえたように感じて竦み上がり、露骨な嘲りに憤然としてまた走り出す。

気がつくと迷路園《メイズ》の前にいた。ダフネは左右を見回し、おそるおそる内部を覗き込んだ。

入り口から全体の三分の一くらいまでまっすぐに通路が伸びていて、そこから左右に分かれている。突き当たり部分で、ちらっと青い影が動いた。

まるで『ここまでおいで。来られるものなら』と挑発されているかのようだ。カッとなったダフネは大股に通路を歩き始めた。

通路の壁となっている生け垣は、ところどころ腰より下で刈り込まれ、屈《かが》めば隣の通路に抜けることもできる。だが、生け垣には相当の厚みがあり、普通に歩いていれば向こう側を透かし見ることはできない。

ドレスが消えた右手方向に曲がったが、通路に人の姿はなかった。ダフネはちらちらと後ろを振り返りつつ歩きだした。今にもどこからか赤毛の女がぬっと現れそうで怖い。

（モイラは生きてるの……？）

まさか、そんなははずがない。生きているならどうしてわざわざ死んだことにしたりする？

だいいち彼女が生きていたらフレドリックはダフネと結婚できないではないか。

（……っ、そのために……!?）

誰か別の女性と結婚するために、モイラは死んだということにした……？

いや、そんなことをする必要なんてない。離婚すれば済む。それとも話し合いで解決できず裁判になるのを避けたかったのだろうか。ゴシップになるのが煩わしくて……。

（いいえ、違うわ！）

フレドリックはそんなことしない。でも、彼がすべてをダフネに打ち明けてはいないのもまた確かだ。この屋敷には、ダフネだけがその存在を知らされていない人物がいる――。

曲がり角で、ふわりと赤い髪がなびいた。急いで追いかけたが、角を曲がると無人の通路が続いているだけだった。ダフネはたまらなくなって叫んだ。

「誰なの……!?　いったい何が目的なのよ。いいかげんにして……っ」

『――ダフネ』

ふいになじんだ声で呼ばれ、びくっとダフネは振り向いた。

「フレッド……？」

まちがいない、彼の声だ。ダフネは焦燥に駆られて通路を見回した。

「フレッド！　どこにいるの？　お願い、助けて……！」

『こっちだよ、ダフネ……』

優しい囁《ささや》き声に、ダフネは泣きそうになって走り出した。今すぐ彼の胸に飛び込んで、力強く抱きしめられたかった。何でもない、大丈夫だよと頭を撫でて、キスしてほしい。

「フレッド……！」

『さぁ、おいで』

息を切らして生け垣の迷路を走り抜ける。気がつけばダフネは迷路の中心にいた。

真ん中に古びた井戸の遺構。いつか、あの井戸のほとりでフレドリックに抱かれた。彼は幼心に刻み込まれた昏く淫靡《いんび》な記憶を話してくれた。もしかしたらあの交わりは彼にとって罪悪感を愛で上書きする行為だったのかもしれない。

どんなに見回してもフレドリックの姿はなかった。ダフネを呼ぶ優しい声も、もう聞こえない。ダフネは迷子になったような心持ちで、くしゃくしゃと顔をゆがめた。

「フレッド……」

泣き声まじりに呟くと、背後で気配が動いた。振り向いた視界が炎のように渦巻く赤い髪で覆い尽くされる。呆然《ぼうぜん》とするダフネの首に、蛇のごとく指が巻きついた。

「……っ⁉」

ぐっ、と喉を絞められ、耳鳴りとともにいきなり視界が暗くなる。振りほどこうとダフネは無我夢中でもがいた。必死に相手の顔を見定めようとしても、見えるのは真っ赤な巻き毛とそれにも増して赤い三日月形の唇だけ——。

急速に意識が薄れゆくなか、かすかに犬の吠《ほ》え声《ごえ》が響いた気がした。

意識を取り戻して最初に見えたのはフレドリックの心配そうな顔だった。

「よかった、気がついたね」

彼はホッと安堵《あんど》の笑みを浮かべ、優しくダフネの頬を撫でた。

「……わたし……？」

「迷路園《メイズ》で倒れていたんだよ。犬たちが気付いて知らせてくれたんだ」

一気に記憶がよみがえり、ダフネは悲鳴を上げてフレドリックにしがみついた。

「モイラよ！　モイラがわたしの首を絞めたの！」

「馬鹿を言うんじゃない。モイラは死んだ。きみの首を絞められるわけないじゃないか」

「生きてるわ！　だって見たもの。青いドレスを着た、赤い髪の女よ。わたしを迷路に誘い込んで、首を絞めたの……！」

フレドリックはダフネの背中を撫でさすった。

「モイラは死んだ。きみは貧血で気を失って、おかしな夢を見たんだ。それだけだよ」

「違う！　違うわ、確かに見たの！　見たのよ……！」

混乱して泣きだすダフネの背を撫で、なだめすかすようにフレドリックは囁いた。

「シーッ、大丈夫、大丈夫だよ。モイラはいない。彼女はもういないんだ」

ダフネは激しくかぶりを振った。駄々《だだ》っ子のように『見た』と言い張り、すすり泣き、フレドリックが嘘《うそ》をついていると激しく詰った。彼は何を言われても腹を立てることなく、辛抱強くダフネをなだめた。

それがまた適当にごまかされているように思えてならず、ダフネはますますいきり立った。彼を不実だと責め、わたしを愛しているなんて嘘なんだわと決めつけた。抱きしめる腕から逃れようと暴れ、拳で彼の胸を何度も叩《たた》いた。

そのうちにダフネは消耗しきってぐったりとなった。フレドリックはダフネをしっかりと抱きしめ、背中を撫でながら顔中に唇を押し当て、愛していると許しを請う口調で何度も囁いた。ダフネは彼にもたれかかってぼんやりと放心した。何が本当で何が嘘なのか、何が現実で何が幻覚なのか、わからなくなる。

ただ確かなのは抱きしめる彼の腕の力強さとぬくもりだけで……。いっそそれ以外のすべてが消えてしまえばいいのにと夢想しながら、ダフネは眠りに落ちた。


数日ダフネは部屋に閉じこもって過ごした。フレドリックは昼間もできるかぎり一緒にいてくれた。彼に肩を抱かれ、胸にもたれているときだけは心が安らいだ。

食事もお茶もすべて自室で取り、フレドリックがいないときは必ずミアかドナに側についていてもらった。

そうして幼子のように周囲に甘えきって三日ほど過ごすと、ショックで空っぽになった気力が徐々に戻ってきた。まだ来客の対応はできそうにないが、家政の指示や食事のメニュー確認などはどうにか行えるようになった。

数日ぶりにドレッサーに座り、鏡に映るやつれた自分の顔にダフネは溜息をついた。

「……ひどい顔。これじゃ旦那様に嫌われてしまうわ……」

髪を梳かしながらミアが微笑む。

「すぐに元に戻りますよ。きちんと食べて散歩をなされば大丈夫ですとも。ドレスも明るい色にしましょうね」

ダフネは頷き、ミアが選んだレモンイエローのドレスを着てみた。フレドリックはダフネが元気を取り戻したことを喜んだが、美しい青磁色の瞳にはまだどこかためらいが感じられた。

(——問い詰めるのは逆効果なんだわ)

フレドリックの中には峻厳《しゅんげん》な砦《とりで》のようなものがある。近づく者を拒む高い城壁を巡らせて、最初はダフネもその前で立ち尽くすばかりだった。彼はダフネを愛し、頑《かたく》なな扉を開いてくれたけれど、城壁のなかには思いも寄らぬ迷宮が広がっていた。

(まるでこの屋敷のよう……)

美しい館を抜けると整然とした庭があり、奥には高い生け垣が立ちはだかっている。小さな鍵穴型の入り口をくぐって中に入っても、またもや蜂の巣のように区切られた庭に呆然とし、右往左往したあげく、奥深い迷路園《メイズ》の前で途方に暮れてしまう。

もしかしたらフレドリックは迷路から出られなくなっているのではないだろうか。迷路園《メイズ》の中心に埋められた井戸があったように、彼は心の迷宮の真ん中に何かを埋めて、そこに囚《とら》われてしまっているのかもしれない。

屋敷内の骸骨《ファミリースケルトン》。彼が洩らしたその言葉は何を指しているのだろう。死んだ前妻。迷路園《メイズ》の中心で密会していたという母親。執拗《しつよう》につきまとう視線。正体不明の青いドレスの女。ダフネだけが知らない『誰か』の存在――。

できることならすべての憤懣《ふんまん》をぶちまけてフレドリックを問い詰めたい。だが、そんなことをすれば彼はふたたび心を閉ざしてしまうだろう。彼との間に溝を作りたくなかった。繊細な心の迷宮を、ずかずか踏み荒らすようなまねはしたくない。

だが、知らぬふりで口を開いてくれるのを待つのはもう限界だった。彼が隠そうとしている何か――誰かが、ダフネを排除しようと動き始めたのだ。

何があろうと引くつもりはない。フレドリックと一緒に生きようと決めたのだから。

誰にも解くことのできなかったゴルディアスの結び目を、アレクサンドロス大王は一刀のもとに断ち切ったという。英雄ではないダフネに振るえるのは、ただ愛と勇気だけなのだった。

それとなく観察しているうちに、使われていないはずの西翼に家政婦や執事、特定のメイドがよく出入りしていることに気付いた。

以前、西翼から出てきた家政婦とたまたま鉢合わせして、使っていないのでは？　と訝《いぶか》しく思って尋ねたことがある。空気の入れ替えですという答えに納得して、それ以降は気にしたこともなかった。

しかし考えてみれば、単なる空気の入れ換えを家政婦や執事が自ら行う必要などないのではないか？

メイドがお茶の支度を運んでいくのを見かけたこともあった。そのときは執事か家政婦の部屋に運んでいくのだと思って気にしなかった。上級使用人はそれぞれ個室を持っており、半地下の使用人ホールも西翼寄りに出入り口がある。

西翼に出入りしているメイドがケリーだと気付いてダフネはハッとした。彼女が持ってきたお茶を飲んだ後、異様な眠気に襲われたのだ。

ダフネが庭に出ている間に茶器を下げたのも彼女だった。途中で口紅を落としてしまえば洗い場《スカラリー》メイドには気付かれない。

考え始めると何もかもが疑わしく思えてくる。モイラは死んだとフレドリックは断言しているが、やはり本当は生きているのでは……？

ひょっとしたら彼女は何らかの理由で正気をなくしていて——階段から落ちた影響とか——、やむをえず死んだことにしてひそかに面倒をみているのかもしれない。

モイラの実家は零落したという。正気を失ったという理由で離婚するのをためらったのかもしれない。フレドリックの性格を考えれば、そう突飛な考えではないように思えた。

そんなある日、フレドリックは所用でロンドンへ出ることになった。一緒に行かないかと誘われたが、もうしばらくのんびり静養していたいと屋敷に残った。彼が留守している間に西翼を確かめてみたかったのだ。

一度、西翼を見てみたいと思い切って頼んだが、モイラが落ちた階段が西翼にあって、見たくないし見せたくないと固い表情で拒絶されてしまった。密《ひそ》かに入り込もうにも、翼棟の入り口には鍵がかかっている。

フレドリックが出かけた後、ドナにねだってみると、旦那様に禁じられていますのでと断られた。この屋敷の女主人として鍵を開けるよう命じることもできたが、泣きだしそうに眉を垂れる人の良い老女を見れば無理強いする気にはとてもなれなかった。

(やっぱり、喧嘩になっても面と向かって要求すべきなのかしら……)

溜息をつきながらベッドにもぐり込んだダフネは、ふと枕の下に妙な感触を覚えた。探ってみると、冷たく固い金属が指先に触れる。取り出してみるとそれは掌《てのひら》に少し余るくらいの大きな鍵だった。

ダフネはベッドに座り込み、まじまじと鍵を見つめた。

(もしかして……、西翼の入り口の鍵……?)

いったい誰が……。

(——ケリー?)

そうだ、彼女以外の誰がこんなことをする? おとなしくて真面目な娘だが、ケリーが西翼の秘密に関わっているのはまちがいない。ダフネが西翼に入りたがっているのを知って、家政婦のところから鍵を持ち出してきたのだ。

それともこれは、ダフネをおびき寄せるための罠《わな》……？

ケリーはいったい誰のために動いているのだろう。『忠実も度が過ぎれば困ったことになりかねない』と、いつかフレドリックが言っていた。

彼女の忠誠は誰に捧《ささ》げられているのか。悪意を感じたことは一度もないが、ケリーにとってダフネは真の『主』ではないのかもしれない。

さんざん迷った末、ダフネは屋敷中が寝静まるのを待ってひそかに寝室を抜け出した。夜着の上にガウンを羽織り、燭台《しょくだい》を持って西翼の扉の前に立つ。

胸をドキドキさせながら鍵を差し込むと、カチリと音がして錠が外れた。静まり返った中ではその音がやけに大きく響いて、ダフネは慌てて周囲を見回した。

しばらく待っても誰も起きてくる気配はない。西翼に入り込んだダフネは慎重に扉を閉め、そろそろと通路を歩いて端の階段室まで行ってみた。

燭台を掲げてみると、吹き抜けの天井からシャンデリアが吊《つ》り下《さ》がり、優美な手すりのついたL字型の階段が二階へ続いている。

「……っ」

ふと視線を感じて顔を上げると、二階の暗がりで何かが動いた。さっとドレスの裾がひるがえる。それが青く見えたのは錯覚だろうか。

「――待って！」

反射的に叫び、怖さも忘れて階段を駆け上がる。二階の通路には誰の姿もなかった。立《た》ち竦《すく》んだダフネは、ずっと先の扉の下から灯が洩れていることに気付いてぎくっとした。

（やっぱり、誰かいるんだわ……！）

こくりと喉を鳴らし、燭台の柄を握りしめる。勇気を奮ってダフネは廊下を歩きだした。裏にフェルトを貼った室内履きなので足音はほとんどしない。

灯の洩れるドアの前に立ってダフネは懸命に呼吸を整えた。

中にいるのは人間だ。たとえ誰であろうとも、けっして幽霊ではない。幽霊に灯などいらないはず——。

そう自分に言い聞かせ、思い切ってダフネはノブに手を伸ばした。

なるべく音を立てないように、ゆっくりゆっくり回していくと、徐々に開く隙間から橙色《だいだいいろ》の灯が洩れ出した。明るいランプの灯だ。

その灯に照らされて、金髪がふわりときらめく。

振り向いた人物が、顔の右側だけでにこりと笑った。

左半分は白い仮面で覆われて見えない。

「——やぁ、こんばんは。やっと会えたね、新しいレディ・シェルフォード」

アームチェアにゆったりと座った青年が、呆然とするダフネに無邪気に微笑みかけた。

第八章　Family Skeleton ～埋もれた罪～

「――――だ、誰……!?　あなたは誰なの……っ」

混乱してダフネはよろめき、ドアにすがりついた。

予想外のことに眩暈《めまい》がする。死んだはずのモイラが潜んでいると思い込んでいたが、そこにいたのは見たこともない二十代前半の青年だった。

顔の半分を仮面で覆った青年は真っ青になったダフネを見て、少し慌てたらしい。心配そうな顔で立ち上がる代わりに椅子を動かし、ほんの少し距離を縮めた。

それを見てようやくダフネは青年が座っているのがアームチェアではなく車椅子なのだと気がついた。

「ごめん、びっくりさせたね。――座ったほうがいいな。よかったらブランデーでもどう?」

弱々しく頷《うなず》いて、手近なソファに崩れるように腰を下ろす。

車椅子の青年はダフネにグラスを手渡し、車輪を回してほどよい距離を保った。ダフネはためらいながらブランデーを一口含んだ。

「大丈夫?」

ダフネは気を取り直して青年を眺めた。

年頃は二十歳をいくつか越したくらいだろうか。やわらかなアッシュブロンドの巻き毛と灰緑色の瞳をしている。見えているほうの半面は非常に整っていた。

「来てくれて嬉《うれ》しいよ。兄さんがなかなか会わせてくれないから、招待状を送ることにしたんだ。気付いてくれてよかった」

「兄さん……って……、フレドリック……!?」

彼はにこっと笑った。

「そうだよ。僕はジェレミー。シェルフォード伯爵フレドリック・V・シャノンの弟、ジェレミー・C・シャノンだ。はじめまして、どうぞよろしく。――ダフネって呼んでもいい？」

「え、ええ……もちろんよ……」

頷きながらダフネは彼の声がフレドリックとよく似ていると気付いた。

（顔はそんなに似てないけど……、やっぱり兄弟なんだわ）

「僕のこと兄さんから聞いてない？」

「あ……、ええ。弟がひとりいるってことは。でも外国にいて滅多《めった》に会わないって言ってたから――」

うっかり正直に答えてしまい、ハッと口を噤《つぐ》む。ジェレミーは寂しそうに微笑んだ。

「うん……。西翼《こっち》は外国みたいなものかな。兄さんは屋敷にいるときも、こっちにはほとんど来ないから。来るとしても夜遅く、僕が眠っているときばかりだ」

「そんな、どうして……？」

「僕を見るのがつらいんじゃないかな……。いろいろと思い出すだろうし」

彼は自らの半顔を覆う仮面に指先でそっと触れた。

「……昔、火事があって、そのときのケガなんだ。足もそれ以来動かなくて……。僕たちの母もその火事で亡くなった」

ダフネは息を呑んだ。

（フレッドが家族のことに触れたがらなかったのは、そのせいだったの――）

「だからって秘密にすることないのに」

信頼されていないみたいで少し不満を覚える。ジェレミーはためらいがちに呟《つぶや》いた。

「……兄は、火事は自分のせいだと思ってるのかもしれない」

「えっ……!?」

「もちろん、そんなことないよ！　兄さんが助けてくれなかったら、僕も焼け死んでただろうし」

「じゃあどうして……？」

「それが……、出火した場所が兄の勉強部屋だったんだ。兄は科学実験の道具をきちんと片づけておかなかったみたいで……」

「……それで火事に？」

「たぶん……。母は兄が勉強部屋にいると思い込んで、助けようと中に飛び込んで煙に巻かれたらしい」

ダフネは言葉を失った。まさか、フレドリックを苦しめている『秘密』がそのようなものだったなんて。

「わたし……、てっきりモイラに関係あることだとばかり思ってたわ……」

「……？　モイラがどうかした？」

怪訝そうに訊《き》かれてダフネは口ごもった。

「その……、彼女が本当は生きてるんじゃないかと思ったの」

「モイラは亡くなったよ」

「ええ、そうね。でもモイラが好きだったという青いドレスを着た、赤毛の女性を何度も見かけた……ような、気が……したものだから……」

混乱して言葉が曖昧になる。てっきり一笑に付されると思ったのに、ジェレミーは妙に生真面目な顔つきになってじっとダフネを見つめた。

「――それ、本当にモイラかもしれないよ」

「え、まさか。だって彼女は亡くなったんでしょう？」

「だからさ。彼女の幽霊が出たとしても、おかしくはないからね」

「ゆ、幽霊⁉」

ちらっと考えたこともあったけれど、実際に口にされると妙に恐《こわ》くなってダフネは青ざめた。

ジェレミーは含みのあるまなざしでダフネを見やった。

「モイラが死んだのは兄さんのせい……とも言えるからね」

ダフネはムッとして言い返した。

「フレッドは殺してないわ」

「殺したなんて言ってないよ。あれは確かに事故だった。……でも、その原因は兄さんにあったと言えなくもない」

「どういう意味……⁉」

「あのときふたりは階段の上で言い争いをしてた。言い争いというか、モイラが一方的に責めたててたんだけど……」

ジェレミーは言葉を切り、小さく笑みを洩らした。灰緑色の瞳が急に冷たく思えてぞっとする。

「……彼女、異様に嫉妬深くてね。兄さんがちょっと女性と喋っただけで浮気と決めつけて、難詰するのが日常茶飯事だった。あのときもそう。兄さんはすっかり辟易《へきえき》してて取り合おうともしなかった。モイラはますます逆上して兄さんに掴《つか》みかかった。兄さんはそれを振り払おうとして――」

ジェレミーは言葉を切り、わかるだろうと言いたげに肩をすくめた。

「……それで落ちた、の……?」

「うん。だから事故なんだよ。兄さんはモイラを突き落としたわけじゃない。でも、彼女はそう思ったかもしれないな。それを恨んで、今でもこの屋敷をさまよっている……」

「やめて……っ」

「モイラの疑いはあながち考えすぎというわけでもなかったしね」

「どういう意味……⁉」

「だって兄さん、浮気はしてなかったけど、それなりに遊んでたもの」

絶句するダフネに憐《あわ》れむようなまなざしを向け、ジェレミーはくすりと笑った。

「仕方ないよ。兄さんだって健康な若い男なんだし。なのにモイラは兄さんと寝るのをいやがった。結婚してすぐ寝室も別にしちゃったんだ。ひどいよね」

「……っ」

「モイラは不感症だったみたいだよ。とにかく男に触れられるのが大嫌いで、嫌悪してたからね。だったら結婚なんかしなけりゃよかったんだ。兄さんは自分と結婚しなくてもモイラが生活に困らないように手を打ったはず。そういうところはよく気がついて真面目なひとなんだ。……なのにモイラは兄さんと結婚して、束縛しようとした。愛そうともしないで愛されようとしたんだ。兄さんがうんざりするのも無理ないよね。伯爵夫人の称号を得て、生活を保証してもらったんだからおとなしくしてりゃよかったのにさ」

ジェレミーの言葉は喋《しゃべ》るほどに苛烈に、辛辣になってゆく。

耐えられなくなってダフネがふるふると首を振ると、彼はネズミを追い詰めた猫みたいにニヤリとした。

「ちょっと遊ぶくらい見逃してあげればよかったんだよ。もっともそんな度量はモイラにはなかったけどね。……どうしたの？　泣きそうな顔して。まさか、兄さんを聖人君子みたいに思ってたんじゃないだろうね」

「そんな、こと……っ」

「心配ないよ。きみが兄さんを満足させてあげればいい。モイラと違ってきみは兄さんとすごくうまくいってるみたいだし」

カッとなってダフネは立ち上がった。ジェレミーは片頬で平然と微笑している。

急に彼が怖くなった。来なければよかったとダフネは後悔した。秘密を暴こうなどとするべきではなかったのだ。

「わ、わたし……もう帰るわ……」

「誤解しないでほしいな。僕はきみが兄さんを充分に愉《たの》しませてあげられることを願ってるんだよ？　そうすればモイラのような悲劇は起こらない」

「……！」

青ざめるダフネを眺め、くすくすとジェレミーは笑った。

「あれは事故だった。そもそもあんなところで口論をしかけたモイラが悪いんだ。振り払った兄さんの手がたまたま当たって彼女はよろけた。……でも、見ようによっては邪険に突き飛ばしたとも言えなくはないよね。廊下なら尻餅をつくくらいで済んだのに、階段の上だったから、足を踏み外して――」

「やめてっ……」

「別に兄さんを責めちゃいないよ。そんなことするもんか。だってモイラは本当にいやな女だったからね。どんなに美人だろうと兄さんには全然ふさわしくなかった。お情けで結婚してもらったのに、勘違いして付け上がってたんだ。……ねぇ、ダフネ。きみはモイラみたいに勘違いしてないだろうね……？」

彼の灰緑色の瞳に奇妙な光が浮かぶ。思わず後退《あとずさ》ると、ジェレミーは車椅子を回して入り口をふさぐように前に出た。

ダフネはこくりと喉を鳴らし、震えそうになる声を必死に絞り出した。

「わたし……、フレッドを愛しているわ……っ。彼もわたしを愛してくれてる」

「何を言ってるんだか」

さもおかしそうに笑われ、ダフネはむきになって言い返した。

「愛してるわ！　わたしのこと心から愛してるって言ったもの……！」

「馬鹿だなぁ……。そんなでまかせ、真に受けたのかい？　兄さんはモイラにだって『愛』を誓ったんだよ。最初から全然愛してなんかいなかったのに、神の前で真面目な顔で誓ったんだ。愛なんて言葉にはなんの意味もない。特に結婚における『愛』とやらはね……、むしろ憎しみと同義なんじゃないかな」

「でまかせなんかじゃないわ！　フレッドは……、彼はモイラに嘘の『愛』を誓ったせいで、愛を口にすることができなくなってた。わたしにもずっと、愛しているとは言ってくれなかったわ。だから彼に愛されていないのだと思い込んでた。フレッドはただわたしを憐れんでいるだけなのだと……。それでもよかった。彼はわたしを気遣って優しくしてくれたから……、それで充分だと思った。でも違ったの。彼は本当にわたしのことが好きで、愛してくれているわ。誰より大切に想《おも》っていてくれるの……！」

ジェレミーの顔から嘲るような表情が消える。彼は息を荒らげるダフネを昏い瞳で凝視し、不穏さをはらんだ声で低く囁いた。

「誰より大切に……？」

「そう、よ……」

「兄さんがきみのことを心底『好き』だと？　単に身体が気に入ってるだけじゃなく？」

「そっ……、そうよ！」

赤面しながらダフネが叫ぶと、ジェレミーは思案顔で顎を撫でた。

「ふぅん……。そうなのか。それじゃやっぱりきみの存在を許すわけにはいかないな。心から大切なものなんて兄さんには必要ないもの。……僕以外には」

「……!?」

キイ、と車椅子が動く。その瞬間、ダフネはほとんど何も考えずに彼の脇をすり抜け、部屋から飛び出していた。

そのまま東翼まで駆け戻ろうとしたが、暗い廊下の先にぼんやりと浮き上がる人影に気付いて立ち竦む。

青いドレスの女——。

一瞬の怯《おび》え。だが次の瞬間、それを遥《はる》かに上回る怒りが込み上げた。

「幽霊なんかじゃない……！　誰なの⁉」

ダフネは女に走り寄り、猛然と二の腕を掴んだ。

しっかりと手応えを感じる。まちがいない、生きている人間だ。

女は抵抗もせず、ただ揺さぶられるままになっている。

後ろからだんだんと灯が近づいてきて、蒼白《そうはく》な顔が闇のなかに浮かび上がった。ダフネは驚愕《きょうがく》に目を瞠《みは》った。

「ケリー……⁉　あなたなの⁉」

「奥様……っ、も、申し訳ございません……！」

メイドが泣き顔をくしゃくしゃにゆがめて啜《すす》り泣《な》く。呆然とするダフネの背後で、舌打ちの音が響いた。

「馬鹿。自分でばらす奴《やつ》があるか」

振り向いたダフネは己の目を疑った。ジェレミーがランプを掲げて立っていたのだ。

「あ……、歩ける……の……⁉」

にこり、と彼は無邪気な笑みを浮かべて人指し指を唇に当てた。

「シー。兄さんには内緒だよ？」

その手がダフネの胸元に伸びる。

トン、と軽い衝撃を感じた刹那——ダフネの身体はぐらりと宙に浮いていた。

ケリーが悲鳴を上げる。ランプを片手に持ち、もう片方の手を伸ばして悠然と微笑むジェレミーの姿を目にした瞬間、ダフネは悟った。

彼の口角が、ニッと三日月形に吊《つ》り上《あ》がる。

(——あなただったのね)

ケリーではなかった。夢うつつのダフネの前で紅茶を飲み、口紅の跡を残したのは。迷路園《メイズ》に誘い込んでダフネの首を絞めたのも、迷路園《メイズ》の中心でフレドリックと愛し合ったときに茂みの奥から覗《のぞ》いていたのも。

全部、彼《ジェレミー》だ——。

背中が階段にぶつかって跳ね返る。

次の瞬間、何か弾力のあるものがダフネを包んで落下を止めていた。間接的に衝撃は感じたが、どこかにぶつかってもしっかりと守られていた。

ぼんやりと目を瞬くと、ここにいるはずのない人物がダフネを抱きしめていた。

「——フレッド……?」

わたし、夢を見ているのかしら。

そう……、すべてが夢だったような気がするわ。彼と出会ったときからずっと、夢の中にいるみたい……。

「……っ、く……。ダフネ……、大丈夫か……!?」

苦しげなその声を耳にした瞬間、現実感がよみがえった。熱いものが一気に込み上げ、ダフネは泣きながら彼にしがみついた。

「フレッド！　フレッド……！」

「大丈夫。もう大丈夫だ」

フレドリックは泣きじゃくるダフネの背をさすり、頬に唇を押しつけてなだめた。

彼はダフネをぎゅっと抱きしめると厳しい顔で階段を見上げた。ランプを手にしたジェレミーは青ざめた顔をこわばらせて立ち竦んでいる。

「……もう二度と手出ししないと約束したはずだぞ」

怒りを抑えた低い呟きに、ジェレミーの顔がゆがむ。

「だって、その女……っ、兄さんに愛されてるなんて言うんだ。大事にされてるって……」

「そのとおりだ。僕はダフネを愛している」

「気に入ってるだけだろう⁉　ちょっと気に入ったから、側に置いときたいだけだよ。ねぇ、そうでしょ」

「違う！　本当に愛してるんだ。心からダフネを愛してる」

ジェレミーは絶望のまなざしで兄を見つめた。

「……だめだよ。それじゃ僕の居場所がなくなっちゃう。ここにいられなくなる。僕を追い出そうとするに決まってる……！」

「そんな、こと……っ」

ダフネは眩暈《めまい》を抑えて叫んだ。実際には弱々しいかすれ声が洩れただけだが、ジェレミーの耳にも届いたらしい。彼は憎悪に目をぎらつかせてダフネを睨《にら》んだ。

「言ったじゃないか！　僕をここから追い出してやるって。全部ばらすって……！　いい気味だって笑ったじゃないか、モイラ！」

「……っ」

声もなく喘《あえ》ぐばかりのダフネの背を撫《な》でながら、フレドリックは懸命に弟をなだめた。

「ジェレミー、落ち着け。彼女はダフネだ。モイラじゃない」

「言ったんだっ……！　ウィリバーン・ホールから追い出すって……、屋敷にも庭にも、二度と出入りできないようにしてやるって……。だから……だから僕は……っ」

「……突き落としたのか？　モイラを」

「――――‼」

フレドリックの静かな声に、ダフネは息を呑んだ。ジェレミーもまた凍りついたようになる。すっかり血の気を失った唇がねじれ、ゆがんだ笑みを形作った。

「そうだよ……。僕が突き落とした」

絶望の笑いとやり場のない怒りがないまぜになった、形容しがたい表情が剥《む》き出《だ》しの半面に浮かんでいた。

つるりと無表情な仮面との対比は恐ろしい以上にどこか痛々しい。ジェレミーは憑《つ》かれたような口調で憤りをぶちまけた。

「あいつ……っ、僕が歩けることを知って、兄さんに告げ口してやるって脅したんだ。モイラは……、モイラは知ってた。何もかも知ってたんだ。こそこそと嗅ぎ回って調べ上げたんだよ。本当は僕が歩けることも、火事の原因が僕だってことも、そもそもここにいる資格すらないことも――」

「だから何だと言うんだ。そんなこと、僕だってとっくに知ってたさ」

フレドリックが静かに告げる。ジェレミーは呆《ほう》けたような顔で兄を見た。

「知って、た……?」

「ああ。たぶん、おまえが気付くよりずっと前からね……」

「……っ」

ジェレミーの身体が支えを失ったように大きく揺れる。駆け寄ったケリーが慌ててランプを取り上げた。

へたへたと床に崩れ落ちたジェレミーは頭を抱えてもの狂おしく絶叫した。その瞳から大粒の涙がこぼれたかと思うと、彼は幼子のように声を上げて泣き出した。

ダフネはフレドリックの腕にしがみつき、呆然とその姿を見つめていた。

フレドリックに命じられたケリーがドナを呼びに走り、異状を察して起き出してきた執事や侍女も加わって、屋敷は一時騒然となった。

ジェレミーはケリーとドナが素早く自室へ連れ帰り、寝ぼけ眼で駆けつけた従僕やメイドたちの目に触れることはなかった。

ダフネは少し打ち身を作っただけで済み、紅茶をもらって落ち着きを取り戻すとミアに促されてベッドに横になった。

フレドリックが寝室へ戻ってきたのはだいぶ時間が経《た》ってからだった。付き添っていた侍女を下がらせると彼は少し疲れた顔でベッドの脇に腰を下ろした。

「まだ起きていたのかい」

「……弟さんは？」

「取り乱していたけど、何とか落ち着かせた。きみに詫《わ》びていたよ。いずれ改めて謝罪したいそうだ」

「そう……。――あなたはロンドンに行ったとばかり思ってたわ」

「途中まではね。だが、ケリーが伝言を寄越《よこ》したので急いで引き返した。ジェレミーが何かしでかしそうだと危惧して、知らせてくれたんだ」

「ケリーはジェレミーの味方なんじゃ……？」

「忠実ではあっても、すべて言いなりになってたわけじゃない。行き過ぎをいつも心配していた。ジェレミーの命令に逆らえず、きみに薬を盛ったり、モイラに変装して脅かしたことを本当に申し訳なく思っているそうだ」

ケリーは少量の睡眠薬を仕込んだ紅茶をダフネに出した。朦朧《もうろう》としたダフネの前でお茶を飲んだのはジェレミーだ。彼はその薬に慣れていて影響を受けなかった。

ジェレミーは機会を捉えてはケリーに『モイラ』を演じさせたり自分で演じたりしてダフネを脅かした。

ダフネがこの屋敷に来たときから、ジェレミーはひそかに様子を窺《うかが》っていた。彼はこの屋敷の構造を知り尽くしており、現在は使われていない使用人用の通路などを使って屋敷中を自由に歩き回っていたのだ。

ジェレミーが本当は歩けると知っていたのはケリーだけで、家政婦も執事も彼は足が不自由なのだと信じ込んでいた。

「あなたは知ってたのね……？」

「偶然、見たんだよ。ジェレミーが自室を歩き回っているのを」

「でも黙ってた……」

「ああ。あいつが何故《なぜ》そんなことをするのか、見当がついたからね……。安心すれば、そのうち歩きだすだろうと」

「安心？」

「ジェレミーは……、父の子じゃない。母が庭師頭《ヘッド・ガーデナー》と通じてできた子なんだ」

ダフネは息を呑んだ。

「……そう……だったの……」

この美しい庭園を作り上げた、先代伯爵夫人と庭師。

迷路園《メイズ》の中心で、使用人と情を交わす母親の姿を見てしまい、フレドリックは奇妙な罪悪感に囚われた。やがてその秘密の交合から生まれた子供が『弟』として家族に加わった。

最初から知っていたと彼は言った。

知っていて黙っていた。誰にも話すつもりはなかった。

「――父が違っても弟だからね。無邪気に懐《なつ》かれれば、やはり可愛かった。あいつに罪はないんだし……。父はジェレミーに対して露骨に邪険だったから、心細くて、よけいに僕を頼る気持ちになったんだろうな」

彼は悩ましげに眉根を寄せた。

「もちろん父はジェレミーが自分の子でないことを知っていた。だが、醜聞《スキャンダル》を恐れて息子として扱ったんだ。父と母は最初から憎み合っているようなところがあって……、僕に対しては各々それなりの情を注いでくれたけど、夫婦仲は完全に冷えきっていた。まるで、わざとお互いを傷つけようとしているみたいだったな……。母と庭師が作り上げた美しい庭を、父はどんなにか苦い思いで眺めたことだろう。人から称賛されて微笑みながら、心のなかでは歯ぎしりしていたんじゃないかと思う。やがて庭が完成すると、父は庭師を事故に見せかけて――殺した」

「……っ!?」

フレドリックは昏い瞳でダフネを見つめ、泣き笑いのようにうっすらと微笑んだ。

「なんて浅ましい家族なんだろうね。僕の父は殺人者で、母は不義の子を嫡子として扱えと夫に平然と求めるような毒婦だ。僕はそんなふたりの息子なんだよ。僕はね、ダフネ……、父の冷酷さと母の淫奔さの両方を受け継いでいる。きみの優しさ、純粋さに触れるたび、僕は自分が浅ましい畜生のように思えてしかたなかった」

ダフネはたまらず起き上がり、彼を強く抱きしめた。

「そんなこと言わないで……！　あなたは優しくて愛情深いひとよ。たとえ親がどんな人間であろうと子供に罪はないわ。あなたが罪悪感を抱く必要なんてないのよ」

「僕には夫婦の愛情というものがわからない。物心ついた頃から両親は互いを嫌い、憎み合っていたから……。僕とモイラもまったく同じ、傷つけあうことしかできなかった。……きみと結婚するのが怖かった。きみを愛してる。でも、結婚したらいずれは父母やモイラとのように、憎み合うようになってしまうのかもしれない、と……。それでもダフネ、きみが欲しくてたまらなかった。ずっと側にいてほしくて、でも、いつかきみを憎んでしまうのではないかと恐れたんだ。今でも怖い。すごく怖いよ……」

ダフネは激しくかぶりを振った。

「そんなことにはならないわ！　わたしたち、ずっと手を取り合って生きていくの。そうするために結婚したんでしょう？　お願いよ、フレッド。どうか怖がらないで、わたしはあなたを愛してる。あなたはわたしにとって、たったひとりのかけがえのないひとだわ」

「ダフネ……」

「信じて、フレッド。自分の心を。あなたは愛を知ってる。真摯に愛することができるひとよ。

そうでなかったらわたし……決してあなたを好きにはならなかったわ」

フレドリックは潤んだ瞳でダフネを見つめ、含羞《はにか》むようにおずおずと微笑んだ。

「きみにそう言ってもらえるだけの、価値ある人間にならないといけないね……」

「あなたがあなたであるというだけで、わたしにとっては最高なの。確かにわたし、あなたのこと全然知らないままに好きになったわ。でも、あなたが本当はすごく愛情深いひとなんだってずっと感じてた。今ではもっとあなたが好き。愛しくてならないのよ」

「ダフネ……っ」

フレドリックはむせぶように呻《うめ》いてダフネを抱きしめた。

涙で濡れた頬をすり寄せてダフネは微笑んだ。迷路園《メイズ》の真ん中で立ちすくんでいた彼を、ようやく見つけ出せた気がする。

今度はふたり手をつないで迷路から抜け出すのだ。二人なら出られる。いや、行きつ戻りつすることさえ、楽しめるかもしれない。

繋《つな》いだこの手を離さずにいれば、きっと――。


数日後、ダフネはフレドリックに連れられて西翼を訪れた。ジェレミーがダフネと話したいと望んでいると聞き、ちょっとためらったが思い切って承諾した。

すでに車椅子は片づけられ、ジェレミーは軽く窓辺にもたれて立っていた。

明るい光の下で改めて眺めるとフレドリックと面差しがよく似ている。無機的な仮面の印象が強くて引きずられていたらしい。

ケガをする前は一目で兄弟だとわかっただろう。なのに自分が兄と半分しか血の繋《つな》がらない不義の子だと知ってジェレミーはどれほど衝撃を受けたことか……。想像するだけで胸が痛い。

「——来てくれて嬉しいよ。ありがとう」

ダフネにソファを勧めると、ジェレミーは遠慮がちな視線を兄に向けた。

「もしできれば、ふたりだけで話したいんだけど……」

フレドリックはかすかに眉根を寄せてダフネを見た。ダフネはこくんと頷いた。

「わたしはかまわないわ」

「……廊下にいる」

囁いて彼は部屋を出ていった。扉が閉まると、ジェレミーはすぐに頭を垂れた。

「最初に謝っておくよ。この前は、いや、これまでずっと、本当にごめん。とても許してはもらえないだろうけど……、本当に悪かったと思ってる。ごめんなさい」

ダフネは小さく吐息をついた。

「……確かにひどいことされたわ。でも、許します」

「ありがとう。……モイラに許しを乞うことはもうできないけど、何とか償いたいと思う」

「——モイラを突き落としたというのは……本当なの？」

ジェレミーは固い表情で頷いた。

「ああ、僕が彼女を階段から突き落とした。兄さんは悲鳴を聞いて駆けつけたところをメイドに目撃されて誤解されたんだ。夫婦仲がよくなかったのは周知の事実だったからね……」

「フレッドは……、あなたがやったと知っていて黙ってた……？」

ジェレミーは複雑な表情でうつむいた。

「うん、そうらしい。僕は兄さんがモイラの死を事故だと思っているって信じてた。知らなかったのは僕のほうだったんだ。まさか兄さんが、僕が歩けることを知ってるなんて思わなかったから……」

「……西翼に閉じこもっていたのも、それで？」

「後から怖くなったんだ。モイラと言い争っていたときはすっかり頭に血が上ってて……。兄さんに怪しまれて、屋敷を追い出されるんじゃないかと。見捨てられるのが怖かった。僕はこの家の人間じゃない。本当はここにいる資格なんてないんだ」

「フレッドの弟でしょう」

「半分だけね……。ごく幼い頃から父には嫌われていると感じてた。理由はわからなかったけど、とにかく毛嫌いされていて、側に近寄ることもできなかったんだ。ステッキで殴られたこともあるよ。だけど兄さんは優しかった。いつも庇《かば》ってくれて、一緒に遊んでもくれた。……前の庭師頭《ヘッド・ガーデナー》が死んで、父と母が恐ろしい形相で言い争っているのを聞いて、本当の父親は庭師頭《ヘッド・ガーデナー》だったと知った。父が彼を事故に見せかけて殺したことも……」

ダフネは顔をこわばらせた。フレドリックから聞いてはいても、やはり衝撃を覚えずにはいられない。

「……母はその証拠を握って父を脅したんだ。母や僕を追い出したりしたら、秘密をばらしてやるって。そのとき僕が感じたのは何だったと思う？　これが兄に知れたら嫌われて、見捨てられてしまうという恐怖だったよ。とうに父には見放されていたし、何の期待もしてなかった。でも兄のことはすごく頼りに思ってたんだ。僕にとって頼れるのは兄だけだった。まさか兄さんが最初から知っていたなんて、思ってもみなかったよ……」

「フレッドはあなたのことを弟だと思ってるわ。可愛い弟だって言ってたもの」

ジェレミーは片頬に自嘲の笑みを浮かべた。

「……この前、母が死んだ火事の原因は兄だって言っただろう？　安心して、あれは嘘だよ」

「え……？」

「火事の原因は僕だ。兄さんの実験道具で勝手に遊んでいて、気がついたら火事になってた。急いでそこらのもので消そうとして、かえって燃え広がってしまった。服にまで燃え移ってパニックになって転げ回っているところをフレッドに助けられたんだ。でも、それを知らなかった母は兄がそこにいると思い込んで、火の海に飛び込んで……」

声を詰まらせ、ジェレミーは掌で顔を覆った。

「……それからしばらくは本当に脚が動かなかった。ケガ以上にショックのせいだろうと医者は言ってたな……。療養中に父が亡くなって、兄が爵位を継いだ。父と母はあんなに憎み合っていたのに、母が亡くなった途端、急速に父は衰えて、後を追うように死んだ。張り合いをなくしたのかな。おかしなものだよね……」

ジェレミーは窓辺に座ってぶらぶらと脚を揺らした。

「この脚もね、父が亡くなってしばらくしたら少しずつ動くようになったんだ。これまたおかしなことだけど……。だけど僕は、歩けなければずっとここにいられると考えた。ウィリバーン・ホールを追い出されたくなかった。僕はここが……すごく好きだったから。この庭には、何も知らなかった頃の楽しい思い出が詰まってる。ここを離れたくなかった。思い出にしがみついていたかったんだ」

ダフネは胸が痛くなり、そっと唇を噛んだ。

幸せな思い出を手放したくなかった弟。一方で兄は両親の罪も欺瞞《ぎまん》も知りながら、誰にも言えなかった。

美しい庭にフレドリックは無残な屋敷内の骸骨《ファミリースケルトン》を見ていたのだ。

もつれあう影と光。

まばゆい光のなかを歩んでいるとしか思えなかったフレドリックは心に昏い迷宮を抱え、翳《かげ》に潜みながらジェレミーは光あふれる幸福な庭を追想していた。

「……どうすれば、よかったのかな?」

ぽつん、とジェレミーが呟《つぶや》く。

ダフネは窓の向こうに広がる景色を眺めた。

「わからないわ……。でも、どうすればよかったかなんて、今さら考えても何にもならないんじゃないかしら」

「そうだね……」

ジェレミーは吐息で笑い、痛みを秘めたまなざしでダフネを見つめた。

「あなたがフレッドと結婚してくれてよかった」

ダフネは立ち上がり、そっと手を差し出した。

ジェレミーが怯《ひる》んだようにダフネを見る。

「仲直り、しましょう。……わたし、まだあなたを好きとは言えないわ。でも、フレッドがあなたのことをとても大切に思っているのはわかるし、その気持ちを尊重したい。だからね、ひとつだけあなたにもわかってほしいの。わたしは彼を心から愛してる」

ジェレミーは微笑んでダフネの手を握り返した。

「兄さんがあなたを愛さずにはいられなかったんだって、よくわかったよ」

部屋を出ると、フレドリックは壁にもたれて深くうつむいていた。噛《か》みしめた唇がかすかに震えている。

ダフネはそっと彼の腕を取った。

「……行きましょう」

フレドリックは黙って頷いた。ふたりは腕を組み、ゆっくりと廊下を歩いていった。

終章　Happily Ever After ～帰るべき場所～

教会の鐘が鳴り響く。

温かな拍手に迎えられ、ダフネは瞳を潤ませながら微笑んだ。領地に住む村人たちが教会の周囲に集まり、花びらを振《ふ》り撒《ま》きながら笑顔で『おめでとうございます！』、『お幸せに！』と歓呼の声を上げる。

贅沢《ぜいたく》なホニトンレースをふんだんに使ったウェディングドレスに白いオレンジの花飾り。ひそかに夢みながら諦めていた結婚式が実現して、ダフネは感激でいっぱいだった。

すでに法的には正式な夫婦だったし、新婚旅行も済ませてはいたけれど、やはり神の前で互いに愛と忠誠を誓うことには格別の意義がある。

親しい隣人となっていた牧師もまた感無量といった晴れがましい面持ちだ。

参列者のなかにはキャロラインとオリヴィアの姉妹とそれぞれの夫の姿もあった。もちろんジェレミーも参列している。

彼が歩けることを知らなかったオリヴィアとキャロラインは大喜びで交互に抱きついたりキスしたり、すごい騒ぎようだ。ジェレミーは照れたような困ったような顔でぎこちなくふたりに挟まれていた。

式の後は屋敷前の広々とした芝生で盛大な披露宴が開かれた。楽団が音楽を奏で、人々は大いに飲み食いし、ダンスに興じた。

招待に応じてやってきた叔父一家も、きまり悪そうな顔で『おめでとう』と言ってくれた。結婚してロンドンを離れてからのことはわからないが、叔父夫婦、そしてプリシラもギスギスしたところが薄れたような気がする。

以前とは違った生活のなかで、もがきながらいろいろと考えたのかもしれない。ダフネも同じだ。

やがてジェレミーが別れを告げに来た。彼がウィリバーン・ホールを離れる決意を固めたことは知っていたが、まさか今日だとは思わなかった。

慌てるダフネにジェレミーは苦笑した。

「盛大に見送りなんかされたら、よけいに離れがたくなるからね」

「着いたらすぐに手紙を書くんだぞ」

さすがにフレドリックも心配そうだ。ジェレミーは笑って頷いた。

彼はオーストラリアへ渡り、兄の持つ牧場で経営を学ぶ。そうしたいとジェレミー自身が申し出た。数年間は戻らないつもりだという。

「気をつけてね。向こうはずいぶん気候が違うそうだから」

「うん、わかってるよ、義姉《ねえ》さん」

「ジェレミー。ここはいつだっておまえの故郷なんだ。忘れるなよ」

フレドリックの真摯な言葉にジェレミーは声を詰まらせた。

「……ずっとここにいたかった。でも、だからこそ今は離れなければいけないと思う」

彼は自分に言い聞かせるように呟いて、にこっと笑った。そしてそれぞれと接吻《せっぷん》を交わし、手を振って笑顔で去っていった。

「帰ってくるかしら……」

「……あいつは自分の帰るべき場所を見つけに行ったんじゃないかな。そんな気がする」

フレドリックは少し寂しそうに呟いた。ダフネは頷いて彼の肩にもたれた。

「ね。もっとふたりでお庭を散歩しましょう。幸せな思い出を、これからたくさん作るのよ」

「ああ、そうだね」

フレドリックは微笑んで、ダフネの手を引いた。

「踊ろう。ポルカだ」

軽快なダンス曲に新郎新婦が飛び込んでいくと、わっと歓声が上がった。手に手を取って次々に踊り手が加わり、笑い声と拍手のなかでダンスの輪はどんどん広がっていった。


披露宴も無事終わり、屋敷内での招待客のもてなしもひととおり済んで一息つけた頃には、夜もだいぶ更けていた。

バスタブにラベンダーを入れて身体を沈め、心地よい気だるさにホッと息をついていると、ドアがコツコツと鳴ってフレドリックが顔を出した。

「お湯を足そうか？　冷めてきたんじゃないか」

ダフネが頷《うなず》くと、彼は大きなジャグから熱い湯を浴槽に注いだ。

ドレッシングガウンを引っかけたフレドリックはジャグを床に置くと浴槽の縁に腰掛け、ダフネの肩やうなじに優しく湯をかけてさすった。

「疲れたろう」

「平気よ。すごく楽しかったわ」

ダフネは微笑んでフレドリックを見上げた。彼が自分の夫なのだと改めて考えると、もう何か月も夫婦として暮らしていたのに胸がときめいてしまう。

フレドリックは身をかがめ、優しくダフネにキスした。

「綺麗だよ、世界で一番素敵な、僕の花嫁さん」

ダフネはくすぐったい心持ちで肩をすくめた。

「こんな格好のときに言われても困るわ……」

「どうして？　きみはどんなドレスも素敵だけど、何も身につけてないときが最高だと思うな。見られるのは僕だけだから、独占欲も満たされる」

「もうっ……」

顔を赤らめて彼を睨《にら》む。楽しげに笑ってフレドリックはふたたび唇を重ねた。優しく侵入してくる舌をついばみながらダフネはおずおずと囁いた。

「ね……、一緒に入らない……？」

涼やかな青磁色の瞳がとろりと艶をおびる。それだけでどきどきして身体が甘く疼《うず》いた。

「……きみの誘惑には抗《あらが》えないな」

囁いて立ち上がったフレドリックが着衣を脱ぎ始める。その様をダフネは目を泳がせながらちらちらと窺った。はしたないと己を戒めながらも、彼が肌をあらわにする男っぽい色香漂うしぐさが見たいとも思ってしまう。

フレドリックは余裕で微笑みながら堂々と衣服を脱ぎ捨て、浴槽に身を浸すとダフネの反対側にゆったりともたれかかった。

向かい合って見つめ合うとやっぱり気恥ずかしくなって頬を染める。彼は小首を傾《かし》げてくすりと笑い、甘く囁いた。

「おいで」

ぱしゃぱしゃと湯を揺らして這《は》い寄《よ》り、子供のように膝に乗る。逞《たくま》しい胸に背中を預けると、腕を回して優しく包み込まれた。ダフネはすっかり嬉《うれ》しくなって、くふんと笑った。

「幸せ……」

ほぅと溜息《ためいき》を洩《も》らすと、フレドリックは猫を撫でるように喉元をくすぐりながらダフネのこめかみにくちづけた。

「きみは本当に可愛いね」

囁いた彼の手が乳房を包み、やわやわと揉《も》み始める。ダフネはうっとりと吐息をついて愛撫に身を任せた。

花びらのようにやわらかな乳暈を軽く摘んで紙縒《こよ》られると、たちまちツンと先端が尖《とが》る。指先で弾くように弄《いじ》られて、心地よい刺激にダフネはぞくぞくと顎を反らした。

「ぁ……ン」

「ふふ……、敏感だね」

フレドリックは濡れた首筋に唇を押し当てて囁いた。ねろりと舌で舐《な》め上げられ、反射的に嬌声《きょうせい》が洩《も》れる。

「ひやんッ……」

彼は含み笑い、両手で乳房を掴んで捏《こ》ね回《まわ》した。ちゃぷちゃぷと湯が撥《は》ね、息が弾む。

「やぁ……っ、あっ……、ふぁ……ッ」

絶妙の緩急でぐにぐにに揉みしだかれると下腹部が早くも疼いてしまう。お尻に当たっている彼の欲望が少しずつ頭をもたげるのが如実に感じられて、ダフネは赤くなった。

「ぁ……っ、あ……、んん……、フレッ、ド、……んッ」

唇をふさがれ、大きく胸を喘がせる。ぬるんと挿入り込んできた舌を夢中で吸いねぶり、自らの舌を絡めて擦り合わせた。

ちゅぷちゅぷと唾液が鳴る音に羞恥と昂奮《こうふん》を掻《か》き立《た》てられる。

「んむ……ッ、ん……、はぁっ、ふ……」

ようやく解放され、乱れた息を洩らすダフネの頬にキスをして、フレドリックは愛しそうに下腹部を撫《な》で回《まわ》した。

片手で乳房を弄びながら、もう片方の指先を茂みのなかにもぐり込ませる。秘めた媚蕾をまさぐられ、ダフネはぞくんと背をしならせた。

「んッ……！」

そそのかすようにフレドリックが忍び笑う。

「濡《ぬ》れてるね。ほら……、わかるだろう？」

「んん……」

ダフネは頤《おとがい》を鎖骨のあわいに埋め込むようにうつむいた。

彼の指先がうごめくたびに奥処《おく》から熱い蜜が誘い出される。湯のなかでも、ぬめりをおびた蜜が指の滑りをよくしているのが花芯から伝わってきた。

「や……ン、だめ、フレッド……。そんな、したら……っ」

「ん？　どうなるのかな」

くすくす笑って彼はダフネの喉元をぺろりと舐めた。

「ひッ……！」

ぐちゅりと指を隘路《あいろ》に突きたてられ、ダフネは潤んだ瞳を見開いた。蜜のぬめりをまとい、指は難なく付け根まで収まってしまう。フレドリックは震えるうなじに唇を這《は》わせながらゆっくりと指を前後させた。

「はぁッ……、ぁ……、んぅ……」

ぬちゅぬちゅと蜜孔をなぶられる快感で、勝手に腰が揺れてしまう。ぱしゃぱしゃと湯が揺れる音さえ妙に猥《みだ》りがわしくて、耳朶《じだ》まで熱くなる。

フレドリックはダフネの身体を引き寄せ、上気した耳朶をねぶりながらじゅぷじゅぷと蜜路を穿った。

「やぁ……ッ、だめ……！　そんな、激し……っ、あッ、あッ……、ぃ……っく……！」

下腹部がきゅううぅと引《ひ》き攣《つ》り、ダフネは絶頂に達した。柔襞がひくひくと痙攣《けいれん》しながらフレドリックの指を喰《く》い締める。

媚肉の蠢動《しゅんどう》を堪能すると彼はゆっくりと指を引き抜き、ダフネの細腰を優しく持ち上げた。前のめりになって湯船の底に手をつくと同時に、戦慄《わなな》く蜜口に固い先端を当てがわれた。そのまま腰を引かれ、指よりもずっと太く、みっしりと弾力のある肉楔を銜《くわ》え込まされる。

「ふあ……ッ、は……、ぁ……ッ……」

背骨から頭頂まで鋭い愉悦が駆け抜け、ダフネは声にならない嬌声を上げた。

「ふぁ……ッ、は……ッ、ぁ……ッ……」

「ん……。素晴らしいよ、ダフネ」

背後でフレドリックが吐息混じりに囁いた。彼は剛直を深く呑み込んだダフネの下腹部をゆっくりと撫で、うなじや肩に何度もくちづけを繰り返した。

「……疲れてるだろうから、今夜はしないでおこうと思ったんだけどね……。やっぱり我慢できなかった。ダフネ……、きみはいともたやすく僕の欲望を掻き立てる……」

ぐりっ、と先端を子宮口に突きたてられ、ダフネは脆《もろ》く瞳を見開いた。

「ひぐッ……！」

「きみにわかるだろうか。僕はもうすっかりきみに溺れているよ」

「ンン、ふか、ぁ……、あぁあッ……！」

ずくずくと蜜壺を穿《うが》たれながらダフネは恍惚《こうこつ》とした。

（わたしだって同じよ……）

彼がわたしに溺れていると言うのなら、わたしは彼の擒《とりこ》。この腕のなかに永遠に囚《とら》われていたい。

「あ……、すご……ッ。フレッ……ド……。ぁん……、もっと……、もっと……来て……っ」

「ダフネ……っ」

彼は獣じみた唸《うな》りを上げると、膝立ちになってダフネを激しく突き上げはじめた。

ダフネは浴槽の縁にすがりついて喘ぎ、悶《もだ》えた。ばしゃばしゃと湯が揺れて、床にしぶきが跳ねる。

「あ！　あん！　あぁッ――」

「――ふ……ッ」

フレドリックが官能に呻いて吐精する。ダフネもまた同時に昇り詰め、じんと痺《しび》れるような恍惚に我を忘れた。

痙攣する蜜襞のあわいに余さず欲望を注ぎ込むと、彼はくたりとするダフネの身体を湯船できれいに清めた。

ベッドでさらに甘いくちづけを交わしあい、ふたたび猛《たけ》った渇望を突き入れられて我を忘れて悶えた。

満ち足りた幸福感と絶頂の余韻に酔いしれ、とろとろと眠りの波打ち際をさまようダフネを愛撫しながらフレドリックは溜息混じりに囁いた。

「自重しようといつも思うんだが……、難しいな」

落ちそうになる瞼《まぶた》を押し上げて、ダフネは微笑んだ。

「どうして？　わたし、あなたと抱き合うの、好きよ……？」

唇にキスが落ちる。

「……きみの寛容さに、いつも甘えてばかりだ」

ダフネはちくりと胸の痛みを覚えて夫を見つめた。

「わたし、全然寛容なんかじゃないわ。本当はとてもわがままなの」

「そうは見えないが」

ダフネはぎゅっと彼に抱きついて胸に顔を押しつけた。フレドリックはなだめるように優しく背中を撫《な》でてくれる。

「……子供の頃、風邪をひいて……。母に側にいてほしくてぐずったの。両親は大切な会合で出かけなければいけなかったのに、わたしが引き止めたから遅くなってしまって……。そのせいで馬車を急がせて……事故に遇《あ》ったの」

フレドリックはダフネの肩を抱き寄せ、そっと撫でさすった。

「きみのせいじゃない」

優しい囁《ささや》きに、鼻の奥にツンと痛みが走る。ダフネは唇を噛んでふるっとかぶりを振った。

「……わがまま言うと悪いことが起こるの。だから、怖くてわたし……」

理不尽な扱いを受けても黙っていた。自分のせいで誰かが死ぬかもしれないと思うと言い返せなかった。

もちろんそんなことはないと理性ではわかっていたけれど、恐れがつねに手綱を引き絞った。感情を封じ込めて立ちすくんでいた。

それが、あのとき大きくひび割れたのだ。

フレドリックと目が合った瞬間に——。

「悪いことなど起きないよ。試しに僕にわがままを言ってごらん。すぐにわかる」

「あなたを困らせたくないわ」

「僕としては、少しくらい困らせてほしいんだけどね」

くすりと笑ってフレドリックはダフネの鼻のあたまにキスをした。ダフネは赤くなって上目づかいに彼を窺った。

「じゃあ、ひとつだけ……。わたしのこと、ずっと好きでいてね……?」

フレドリックは目を瞠《みは》り、眉をひそめて苦笑した。

「なるほど。すごいわがままだ」

「ごめんなさいっ……」

彼は声を上げて笑い、赤くなって身を縮めるダフネの背をぽんぽん叩《たた》いた。

「きみは可愛いすぎて困りものだな。――よし、わかった。それじゃ僕は一生かかってきみのわがままをかなえることにしよう」

ダフネは目を潤ませ、彼に抱きついた。

「……大好き」

「可愛いダフネ。愛してるよ」

温かなくちづけが額に落ちる。

「明日、目が覚めたら、ふたりでお庭を散歩したいわ」

「いいとも」

「手をつないで、ね……？」

「ああ、手をつないで」

ダフネの魂を惹《ひ》きつけてやまない、美しい愛しい青磁色の瞳が、慈しみを込めて微笑《ほほえ》む。

朝露に濡れた美しい景色を思い描きながら、ダフネは幸せな眠りに就いた。

あとがき

こんにちは。小出みきです。このたびは『傲慢貴族の惑溺愛』をお読みいただき、ありがとうございました。今回の舞台は一八九〇年代のイギリス。伝統ある貴族のヒーローと、彼に見初められた中流階級のヒロインとの、素直になれないじれじれロマンスです。

このところ騎士ヒーローが続いたので、剣を振り回さないヒーローは久しぶりで新鮮でしたね～。しかも自分の感情を素直に出さない。本当は変態なのに（笑）。そう、今回のヒーローのコンセプトは「涼しい顔した変態」でした。書いてるうちに意外とまとも（？）な人になっちゃいましたが……。いや、そうでもないか。

一口にヴィクトリアンといってもかなり長期にわたるため、ファッションの変遷も楽しいですね。今回は九〇年代ということでジゴスリーブ（肩のあたりが大きく膨らんだ袖）でお願いしました。イラストのKRN先生、ありがとうございました！　おとなしそうで実は大胆（！）なヒロイン可愛いです。そして格好いい細マッチョヒーローのまじめくさった顔と、アノ時の色っぽい表情の落差ににやけっぱなしです。眼福ですね！

それではまたどこかでお会いできればうれしいです。ありがとうございました！

小出みき

Mitsuneko Label

蜜猫文庫をお買い上げいただきありがとうございます。
この作品を読んでのご意見・ご感想をお聞かせください。
あて先は下記の通りです。

〒102-0072　東京都千代田区飯田橋 2-7-3
（株）竹書房　蜜猫文庫編集部
小出みき先生 /KRN 先生

傲慢貴族の惑溺愛

2016 年 10 月 29 日　初版第 1 刷発行
著　者　小出みき　©KOIDE Miki 2016
発行者　後藤明信
発行所　株式会社竹書房
〒102-0072 東京都千代田区飯田橋 2-7-3
電話　03（3264）1576（代表）
03（3234）6245（編集部）
デザイン　antenna
印刷所　中央精版印刷株式会社

乱丁・落丁の場合は当社にてお取りかえいたします。本誌掲載記事の無断複写・転載・上演・放送などは著作権の承諾を受けた場合を除き、法律で禁止されています。購入者以外の第三者による本書の電子データ化および電子書籍化はいかなる場合も禁じます。また本書電子データの配布および販売は購入者本人であっても禁じます。定価はカバーに表示してあります。

Printed in JAPAN
ISBN978-4-8019-0901-4　C0193
この作品はフィクションです。実在の人物・団体・事件などには関係ありません。

軍人皇帝は新妻をかわいがるのに忙しい
夜織もか
Illustration なま
逃げられないと、
わかっているだろう？
小国の侯爵令嬢アメリアは宗主国の皇帝ディートハルトの皇妃に突然指名されてしまった。彼女以外の候補は皆、逃げてしまったというのだ。身分違いも甚だしい話に全力で逃げたいアメリアだが、ディートハルトに理詰めで迫られそれもできない。「感じているのが丸わかりだ。快感を拾うのに長けた身体か」王宮で毎夜愛され知らない快楽を覚える日々。美しくも恐ろしい軍人皇帝に何故か気に入られて溺愛されるアメリアの運命は!?